KB039773

달라지는 중입니다

달라지는 중입니다

초판 1쇄 발행 2019년 10월 14일
초판 4쇄 발행 2021년 8월 10일

지은이 김토끼(김민진)
책임편집 조혜정
디자인 그별
펴낸이 남기성

펴낸곳 주식회사 자화상
인쇄,제작 데이타링크
출판사등록 신고번호 제 2016-000312호
주소 서울특별시 마포구 월드컵북로 400, 2층 201호
대표전화 (070) 7555-9653
이메일 sung0278@naver.com

ISBN 979-11-90298-12-4 03810

이 도서의 국립중앙도서관 출판예정도서목록(CIP)은 서지정보유통지원시스템 홈페이지
(http://seoji.nl.go.kr)와 국가자료공동목록시스템(http://www.nl.go.kr/kolisnet)에서
이용하실 수 있습니다.(CIP제어번호: CIP2019039155)

: 나답게 /
 단단하게 /
 휘둘리지 않고

달
라
지
는 중입니다

김토끼 지음

자화
상

prologue

세상에는 세 종류의 사람이 있다.

나를 사랑하기 위해 애쓰며 살아가는 사람,

나를 사랑해야 한다는 사실을 모르고 살아가는 사람,

그리고 특별한 노력 없이도

있는 그대로의 나를 사랑하며 살아가는 사람.

당신은, 어떤 사람인가요?

차례

2장 누구나 힘내기 벅찰 때가 있으니까, 이런 나라도 괜찮아

1장

남들이 좋아하는
내가   아니라,

내가 좋아하는
내가 되어 보기로

다른 사람들과 같지 않다고 해서
다른 사람들과 비교해
자신의 모습이 못나 보인다고 해서
의기소침해지지 말자.
당신은 당신만의 매력을 가지고 있으니까.

。
혼자라고
생각하지
말기

악몽을 꿨다.

사각형의 작은 방 안에 나는 홀로 갇혀 있었다.
문을 아무리 세게 두드려봐도
바깥에서는 아무런 기척이 없었다.
방 안은 춥고 어두웠다.
체온은 점점 떨어졌고 호흡은 점점 가빠지고 있었다.
나는 서서히 죽어가고 있는 것 같았다.

꿈에서 깨고 나서 가장 먼저 든 생각은
이 모든 게 꿈이어서 다행이라는 것과

내 옆에 있는 소중한 사람들에 대한 고마움이었다.

꿈에서 죽어가던 순간에도

죽음의 공포보다 나를 더 두렵게 했던 건

죽음 그 자체가 아니라

내 옆에 아무도 없다는 사실이었다.

살면서 우리는

수많은 불행에 맞닥뜨리게 될지도 모른다.

실패를 할 수도 좌절을 할 수도 있다.

하지만 당신은 괜찮다.

불행의 순간에도

기꺼이 당신과 함께 해줄 좋은 사람들이

당신 옆에 있을 테니까.

。

매 일 매 일
행복을
기록해두기

속상한 일이 있을 때마다 일기를 쓰곤 했다.

나를 힘들게 하는 일이나 사람에 대해 주절주절 써놓고
보면 답답했던 마음이 그나마 좀 풀리곤 했다.

한번은 아무 생각 없이 그동안 써온 일기를 다시 본 적이
있다. 호기심에 펼친 지난 일기에는 시간이 많이 흘러 이
제는 잊고 있던 일들까지 세세하게 기록되어 있었고
힘들다, 괴롭다, 속상하다는 내용이 도배가 되다시피
쓰여 있었다.

내 인생이 이렇게 불행하기만 했나
회의를 느끼면서 일기장을 덮었다.
더 이상 지난 불행을 되새기고 싶지 않았다.
그래서 나는 그때부터 좋은 일이 있을 때'도' 일기를 썼다.

커피 맛이 좋은 아늑한 카페를 발견했을 때.
정류장에서 기다린 지 10초도 되지 않아
내가 타려고 한 버스가 왔을 때.
키우던 화분에 꽃이 피었을 때.
조금이라도 좋은 일이 있을 때는 그날 있었던 일과
내 기분을 솔직하게 일기에 기록해두었다.

그렇게 쓰면서 알 수 있었다.
힘들고 속상한 일이 가끔 있긴 하지만 나는 그것보다
더 자주 행복했고
내 주변에는 나를 싫어하는 사람보다
나를 좋아하는 사람이 더 많다는 걸.

남들이 좋아하는
내가 아니라.

사람들은 "행복한 삶"을 살고 싶어 하면서도
정작 행복보다 자신의 불행을
더 많이 들여다보면서 살아가곤 한다.
불행을 파고들수록
행복에서 점점 더 멀어져간다는 것도 모르고.

행복하고 싶다면 행복한 일들을 더 많이 떠올리고
더 많이 기록해두자.

그러면 알게 된다.
당신의 삶은
불행보다 행복에 더 가까이 있다는 것을.

°

애쓰지 않아도
행복한 사람
되기

"남들이 알아주는 게 뭐가 중요해. 내가 행복하면 그만
이지."

얼마 전 종영한 드라마 〈스카이캐슬〉에서
대학에 가지 않고 클럽만 다니는 딸을 창피해하는
아빠를 향해 딸이 던진 대사다.

드라마를 볼 때는 대수롭지 않게 넘겼는데
그날 잠을 자려고 누웠을 때 다시 생각 나
오랫동안 머릿속에서 지워지질 않았다.

남들이 좋아하는
내가 아니라.

그 대사를 듣고 조금 뜨끔했던 것 같다.

나는 긍정적이기도 하고, 때로는 비관적이기도 하다.
그러나 회사 사람들은 한결같이 나를 '긍정적이고 낙천
적인 사람'이라고들 했고 나는 사람들이 그렇게 생각하
도록 내버려두었다.
그런 이미지로 보인다는 게 나에게 더 플러스 요인이
될 것 같아서.

하지만 '긍적적이고 낙천적인 사람'으로 살아가는 건
생각보다 힘든 일이었다.
계속되는 야근으로 지칠 때도 있고
업무에 차질이 생겨 기분이 울적할 때도 있는데
힘들다거나 우울하다는 티를 내는 게 어려웠다.
회사 사람들에게 나는 언제나 밝고 명랑하고
에너지 넘치는 사람이었으니까.

사실 나는 남들이 생각하는 것만큼 긍정적이지도 않고

회사 생활이 늘 즐겁고 좋은 것도 아니었는데 말이다.

괜찮지 않는데 괜찮은 척하는 건 힘들다.
긍정적이기도 하고 비관적이기도 한 내가
긍정적이고 낙천적이기만 한 사람으로 보이려고 하는
것 역시 힘든 과정이었다.

그래서 나는 지금부터라도 바꾸어보려고 한다.
남들이 좋아하는 내가 아니라, 내가 좋아하는 내가 되
어 보기로.

이 글을 읽는 당신도 그랬으면 좋겠다.

행복해 보이기 위해 애쓰는 사람이 아니라
애쓰지 않아도 행복한 사람이기를.

०

행복의
세 가지
조건

긍정적으로 생각하기

감당할 수 있는 만큼만 이해하기

주어진 모든 것에 감사하기

。

혼자
괴로워하지
말기

살다 보면 일이 잘 안 풀릴 때가 있다.
한 개가 살짝 꼬여버렸을 뿐인데
그 뒤부터 모든 것들이 줄줄이 엉켜버리는 그런 날.

나는 계속 잘하고 싶은데.
계속 잘 풀리기만 하면 좋을 텐데.

세상에는
내 의지와 다르게 일어나는 일들이 너무나 많다.

당신에게는 그런 힘든 순간이 없었으면 좋겠지만

남들이 좋아하는
내가 아니라.

혹시라도 너무 힘들어 주저앉고 싶은 그런 날이 오면
혼자 괴로워하지 말고 그때는 주변을 천천히 돌아보길
바란다.

어떤 순간에도 당신 곁에 있어 줄 사람,
당신을 향해 주저 없이 손 내밀어 줄 사람이 있을
테니까.

당신의 가장 가까운 곳에.

。

좋은 삶을
살기 위한
조건

입사한 지 얼마 되지 않아서 신입사원 환영파티 겸 TV
에도 종종 나오는 유명한 맛집에 가서 식사를 했던 적이
있다.

거기서 밥을 먹었다고 단톡방에 올렸더니 친구들이 부
럽다며 난리가 났었다.
음식이 맛있냐는 질문에 나는 대충 맛있었다라고 대답
을 하긴 했지만 사실은 음식이 맛있었는지 아닌지 기억
도 잘 나지 않았다.
너무 긴장한 탓에 음식이 코로 들어가는지 입으로 들어
가는지도 몰랐기 때문이다.

'좋은 식사'란 음식의 맛도 중요하지만
먹는 사람의 심리상태에 따라서도 크게 영향을 받는다.
이 자리가 어떤 자리인지, 왜 여기서 식사를 하게 됐는지,
같이 먹을 사람은 누구인지,
그로 인한 현재 나의 심리상태는 어떤지.

아무리 비싸고 맛있는 음식을 앞에 두어도
나 스스로가 어색하고 불편하다면 좋은 식사 자리가 될
수 없다. 결국에는 좋은 식사라는 것도 그 사람이 어떤
마음으로 식사를 하느냐에 따라 결정되는 것이다.

그러다 문득 '좋은 삶'을 살기 위한 조건 또한
내가 어떤 마음으로 살아가느냐에 따라
달라지는 건 아닐까 생각해보게 됐다.

이 옷이 얼마나 비싼 옷인지보다,
이 옷이 나에게 어울리는 옷인지
내가 먹는 음식이 얼마나 비싼 음식인지보다,

내 입에 잘 맞는 음식인지
남들에게 좋은 사람인지 보다,
스스로에게 좋은 사람인지.

'좋은 삶'을 살기 위한 첫걸음은 이런 질문에서부터 시
작되는 것이 아닐까?

비싼 옷을 입고, 비싼 음식을 먹고
남들에게 좋은 사람으로 보여진다고 해서
그 사람의 삶이 좋은 삶이라고
단정 지을 수는 없다.

좋은 삶은 우리가 어떤 마음가짐으로 살아가고
있느냐에 의해 결정된다.

남들이 좋아하는
내가 아니라.

°

약 간 의
무 관 심 이
필 요 한 시 기

집들이 선물로 지인에게 화분을 받았다.

파릇파릇한 식물의 이름은 '아가베'라고 했다.
꽃봉오리가 핀 것처럼 커다랗고 화려한 잎사귀가
거실을 한층 더 빛나게 해주는 것 같아
관심 있게 지켜보면서 햇볕도 쬐어주고 물도 주고 했는데
어쩐 일인지 화분의 잎이 자꾸만 시들어갔다.

햇볕을 더 많이 쬐어주고 물량을 더 늘려도 상태가 나아
지지 않기에 화분 선물을 준 지인에게 도움을 청했더니
다육식물은 물을 너무 많이 주면 빨리 시들고

햇볕을 많이 쬐이는 건 좋지만 너무 강한 햇볕에 노출되
면 잎이 타 죽는 경우가 있으니 주의해야 한다고 했다.

그 뒤로 지인이 조언해준 대로
물 양과 햇볕 쬐이는 시간을 좀 줄였더니
아가베의 잎은 다시 파릇파릇하게 살아났고
전처럼 관심을 주지 않았는데도
그 이후로는 화분이 시드는 일이 없었다.

말 못하는 식물이 그동안 얼마나 힘들었을까.
내 관심 없이도 아무 탈 없이 잘 자라고 있는 아가베를
보면서 다시 한 번 깨달았다.

지나친 관심이 오히려 해가 될 수도 있다는 걸.
그리고 그건 화분을 키울 때만이 아니라
인간관계에서도 마찬가지라는 걸.

남들이 좋아하는
내가 아니라.

선의라는 이름을 앞세워 행해지는
과도한 관심이나 간섭이
지금 이 순간 누군가를 불편하게 하고 있진 않은지.
상대가 내게 바라는 것은 존중과 배려,

그리고 약간의 무관심이 아닌지 생각해봐야겠다.

。

한번씩
지나온 길을
돌아보기

인생은 앞을 보고 가는 거라고 하지만

너무 멀리 와버렸다는 생각이 들 때면

한번씩 뒤를 돌아보곤 한다.

너무 서둘러 오느라

지나온 길에 소중한 무언가를 놓쳐버렸을까 봐.

모르고 지나친 곳에서

내가 돌아봐 주기만을 기다리고 있는

중요한 무언가가 있을까 봐.

°
세 상 에 서
가 장
무 서 운   벌

세상에서 가장 무서운 벌은

'그때가 좋았는데'라는 후회인 것 같다.

'그때가 좋았는데'라는 말은

지금은 그렇지 않다는 걸 의미하므로.

。

당연하지 않은
것들에
무기력해지지
말기

자격증 공부를 하려고 학원 시간을 알아보다가
평일 저녁 7시에 시작하는 수업으로 학원을 등록했다.

회사 퇴근시간이 5시이므로 두 시간 정도면
학원까지 갈 수 있을 정도의 여유가 있다고
생각했기 때문이다.

학원에서 만난 외국인 친구에게 그 이야기를 했더니
회사와 학원이 그리 먼 것도 아닌데
두 시간이나 텀을 둬야 할 필요가 있냐며 의아해했다.

한국에 온 지 얼마 안 된 친구라 이해를 못할 수도 있겠
다는 생각에 나는 차근차근 설명했다.
혹시 일이 많으면 퇴근이 늦어질 수도 있고
그게 아니더라도 퇴근시간에 딱 맞춰 나가는 건
사장님 눈치가 좀 보인다고.

그러자 친구는 더더욱 이해를 못하겠다며
일이 많으면 다음 날 해야지 왜 늦게까지 남아 일을 하
느냐고, 퇴근 시간에 맞춰 퇴근을 하는 건 당연한 거 아
니냐고 했다.

순간 머리가 멍했다.

당연한 걸 당연하다고 말할 수 없다.
말문이 막혀버린 것과 동시에 얼굴에 살짝 열이 올랐다.
친구의 순진무구한 물음이 나를 부끄럽게 만들었다.

내가 사는 세상에서는

당연하지 않은 일들이 일상처럼 흘러가고
무기력한 나는
아무 저항 없이 그 속에서 적응하며 살아간다.
모두가 그렇게 살아가니까.
그리고 그게 가장 안전하게 살아남는 방법이니까.

하지만 한번쯤은 궁금해해야 했던 게 아닐까.
내가 사는 세상에 대해. 당연하지 않은 것들에 대해.

당연하지 않은 일들이 판을 치는 세상.
거기서 살아가는 우리들에게 필요한 건
적응이 아니라 최소한의 저항이다.
그리고 그 저항은
'왜'라는 질문에서부터 시작된다.
오늘 날 우리의 삶이 여유가 없고 힘겨운 건
어쩌면, '왜 그렇게 되었는지'에 대해
아무도 궁금해하지 않았기 때문이 아닐까.

。

어른이 되어서도
**꿈 많은 소녀로
살기**

방송 학원에서 드라마 공부를 배울 때의 일이다.

드라마 대본을 하나씩 써서 과제로 제출하고 합평을 하
는 방식으로 진행되던 수업이었는데, 선생님이 내 뒷자
리에 앉은 언니의 대본을 보고 실력이 많이 늘었다며 칭
찬을 한 적이 있었다.

수업이 끝나고 교실을 나가면서
언니에게 아무렇지 않은 척 축하한다는 말을 했지만
사실 마음 한 켠이 좀 쓸쓸했다.

남들이 좋아하는
내가 아니라.

언니가 그 정도로 글을 잘 썼던가?

대본은 처음 써본다고 했는데.

내가 쓴 글이 소재는 더 좋았던 것 같은데.

질투에 눈이 멀어 살짝 엇나간 생각을 했지만 사실은 알고 있었다. 언니가 누구보다 열심히 수업에 참여했다는 것을.

드라마 공부보다 같은 반 학생들과 어울려 놀러 다니기 바빴던 나와 달리 언니는 수업이 있는 날에는 가장 먼저 와서 교실에서 수업 관련 교재를 보고 있었고 수업이 끝난 이후에는 가장 마지막까지 남아 공부를 하고 가곤 했다.

수업이 진행되는 6개월간 최소 한 작품씩을 제출하라던 선생님의 말에 따라 반 학생들 대부분이 한 작품씩만 제출을 했으나 그 언니는 대본을 세 개나 써서 제출하는 열의를 보였다.

그런 언니가 선생님의 칭찬을 받는 것은 당연했다.

세월이 흘러 이제는 언니의 얼굴도 가물가물해져가지만
그럼에도 잊히지 않고 또렷이 기억나는 것들이 있다.

그때 언니가 보여준 열정과 끈기, 집념 같은 것들.
그리고 그런 것들을 떠올릴 때마다 지금의 내 모습이
너무 부끄러워지곤 한다.

한때 나도 꿈 많은 소녀였는데.

하고 싶은 것도 많고, 이루고 싶은 것도 많았다.
내가 원하는 모든 것을 할 수 있을 거라 기대하며
미래를 그려보곤 했다.
꿈을 향해 달려가는 길이 힘들고 고단했지만
그래도 나는 행복했다.
선명한 꿈이 있었고, 꿈을 이루기 위해
무엇이든 하겠다는 열정이 있었고,

나 자신에 대한 믿음이 있었으니까.

하지만 나이가 들면서 그런 것들이
점점 사라져가는 걸 느낀다.
꿈도, 열정도, 나 자신에 대한 믿음마저도.

그래서 나는 지금부터라도 조금씩 붙잡아보려고 한다.

다시 시작하는 마음으로
새로운 꿈에 도전해보기도 하고
꿈을 이루기 위해 계획을 세워 보기도 하고
긍정적인 미래를 그리며 숨이 차도록 앞을 향해 달려가
보고 싶다.

사람들은 종종 말한다.
그때 그 시절로 돌아가고 싶다고.

어쩌면 그건 그때 그 '시절'로 돌아가고 싶은 것이 아니라

그때 그 '마음'을 되찾고 싶어서 하는 말이 아닐까.

혹시 지금 이 순간에도 과거의 어느 한순간을
그리워하고 있는 사람이 있다면
이 사실을 잊지 말았으면 좋겠다.

지금 이 순간이, 먼 미래에는 '그때 그 시절'이 될
수도 있음을.

그러니까 지금 현재에 최선을 다하자.
포기하지 말고. 좌절하지 말고. 주저앉지 말고.

당신은, 더 잘할 수 있다.

。

일단,
도전해보기

2년 전 출판사에서 출간 제의를 받았다.

인스타그램에서 내가 쓴 글을 봤다며 책을 내보고 싶다는 거였다.

처음에는 마냥 기쁘기만 했지만

막상 출판사 관계자들과 만나서 이야기를 나눠보니

책을 내는 게 그리 쉬운 건 아니었다.

책 한권을 내기 위해서 200~300페이지 분량의 글을 써야 한다는 말을 들었을 때는 눈앞이 캄캄했다.

내가 과연 할 수 있을까?

이직을 준비하고 있던 터라
몸과 마음이 아주 힘든 시기였기 때문에
여러모로 부담이 컸다.
하지만 책을 내고 싶다는 쪽으로 마음이 더 기울었고
고민 끝에 출판사와 계약을 하게 됐다.

책을 준비하는 과정은 생각했던 것보다 훨씬 힘들었고
자격증 시험과 출간 일정이 겹치면서 극도로 스트레스
를 받기도 했다.

어떤 날은 몸이 아팠고, 어떤 날은 너무 바빴고,
어떤 날은 하루 종일 노트북 앞에 앉아 있으면서도
글 한 줄을 쓰기가 어려웠다.
이대로 시험도 망하고, 이직도 실패하고, 책도 내지 못
할 거 같은 생각이 들어 불안하고 우울했다.

하지만 포기하지 않았다.

자는 시간을 줄이고 시험공부와 출간 준비를 병행하며
바쁜 나날을 보냈고 그로부터 정확히 6개월이 지난 후
나는 시험에 합격한 후 원하는 회사에 이직을 했고, 무
사히 출간까지 할 수 있었다.

지금도 가끔 그때를 생각한다.

그때 내가 출간 제의를 거절하고
시험공부에만 몰두했다면?

이직은 했을지 몰라도 책은 못 냈을 거고
기회를 놓쳐버렸다며 뒤늦게 후회하며
새로운 회사에 취업을 해서도 계속 아쉬워했을 것이다.

사람들은 무언가를 간절히 하고 싶어 하면서도
때로는 시도조차 해보지 않고

쉽게 포기해버리는 경우가 많다.
자신이 할 수 없는 일이라고 생각해서.

하지만 그 생각은 잘못된 것인지도 모른다.

어쩌면 우리가 하지 못한 그 모든 것들은
그 일이 정말로 '할 수 없는 일'이어서가 아니라
'할 수 없다'는 생각만으로 지레 겁먹고 시도조차 하지
않았기 때문이 아닐까.

무언가를 이루기 위해서는
반드시 도전을 해야 한다.
그 일이 아무리 어렵고, 힘들고, 두려워도.
도전 없이 이루어지는 일은 없다.

그러니까, 지금 이 글을 읽고 있는 당신도
망설이지 말고 도전해라.
이루고 싶은 게 있다면.

°

어쩔 수 없는 건
어쩔 수 없는 것으로
넘 겨 버 리 기

친구가 실수로 핸드폰을 떨어트렸다.

다행히 핸드폰에 문제가 생긴 건 아니었지만
바닥에 떨어지면서 액정에 길게 금이 가게 됐다.

그 광경을 지켜보고 있던 나는 속으로 경악을 했는데
정작 당사자인 친구는 액정을 손으로 한 번 슥 문지르기
만 하고는 다시 주머니 안에 집어넣고 아무렇지 않게 가
던 길을 다시 가는 거였다.

"너 괜찮아?"

걱정이 돼서 조심스럽게 묻자 친구는 덤덤하게 말했다.

"응, 어쩔 수 없잖아."

어쩔 수 없긴 하지만 참 포기가 빠르다고 생각했다.
나였다면 적어도 한 시간 정도는
핸드폰을 떨어트린 나 자신을 원망했을 거고
그날 만나는 모든 이들에게
핸드폰 액정에 금이 갔다며 징징거릴 테고
그 이후로도 핸드폰 액정을 볼 때마다
한숨을 푹푹 내쉬었을 텐데.

속상할 텐데도 '어쩔 수 없잖아'라는 말로
상황을 가볍게 넘겨버리는 친구의 대처방법이
새삼 멋져 보였다.

그래서 나도 이제 그 방법을 배워보려고 한다.

운전을 하다가 실수로 길을 잘못 들었다고 해서
마지막에 고쳐 쓴 문제의 답이 틀렸다고 해서
손빨래를 해야 하는 옷을 세탁기에 돌려버렸다고 해서
스스로를 원망하고 자책하기보다는
'어쩔 수 없잖아'라는 말로 가볍게 넘겨보려고 한다.

어쩔 수 없는 일에 시간과 감정을 낭비하지 말자.
아무리 애써도 결과는 바뀌지 않는다.

°

모르는 건
당당히
모른다고 말하기

"너는 문예창작학과라면서 맞춤법도 제대로 몰라?"

대학 시절 지인과 메시지를 주고받던 중
맞춤법을 틀렸다는 말을 듣게 됐다.
그런 지적은 처음이라 조금 당황했고
상대는 아무렇지 않게 한 말일 수 있지만
나는 어쩐지 좀 부끄러웠다.

그래서 그 후로 다른 사람들에게 메시지를 보낼 때
맞춤법이나 띄어쓰기가 잘못된 건 없는지
확인하는 버릇이 생겼고

남들이 좋아하는
내가 아니라.

때에 따라서는 '맞춤법 검사기'까지 동원해서
내가 쓴 글을 확인하곤 했다.
힘들었지만 문예창작학과 학생이라면
당연히 그래야 한다고 생각했다.

그 생각이 바뀐 건 초등학교 동창들과
대만 여행을 갔을 때였다.

대만에서 1년 정도 살다 온 친구가 있었으므로
나를 비롯한 동창들 모두 그 친구만 믿고 있었는데
우리의 기대와 달리 그 친구는
자기도 대만어를 잘 모른다고 하는 것이 아닌가.

대만에서 1년이나 살았으면서 대만어를 모른다고?
의아함에 동창 중 한 명이 그 친구에게 물었다.

"너 대만에서 살다 왔잖아?"

"그게 몇 년 전인데. 그리고 대만에서 살다 왔다고 대만
말을 다 잘해야 해? 그럼 너는 호주에서 2년이나 살다
왔으면서 왜 그렇게 영어를 못해?"

친구는 부끄러워하지 않았고
질문을 했던 동창이 오히려 말문이 막혀서 어버버거렸다.

묘하게 설득력이 있었던 친구의 말 때문인지
그때부터 나도 맞춤법에 대한 강박을
떨쳐버릴 수 있게 됐다.

그래, 모를 수도 있지.
대만에서 잠깐 살다 왔다고 대만어를 다 잘 해야 해?
문예창작학과를 나왔다고 맞춤법이 다 완벽해야 해?
국어사전에 있는 단어만 50만 개가 넘는다는데
그걸 정확히 다 아는 게 이상한 거지.
모르는 건 부끄러운 게 아니야.

그렇게 생각하니 마음이 좀 편해졌고
누군가에게 메시지를 보낼 때마다 느꼈던 무언의 압박
감과 부담감도 사라졌다.

모르는 걸 부끄러워하지 말자.
부끄러워하지 않아도 되는 일에 부끄러워하는 게
오히려 더 부끄러운 일이다.

。

콤플렉스를
나만의 매력이라고
생각하기

집 근처에 자주 가는 편의점이 있는데
거기 알바생은 유난히 목소리가 작았다.

정말 집중해서 잘 듣지 않으면
무슨 말을 하는지 도통 알아들을 수 없는 정도의 목소리.
조금 답답하긴 했지만 처음에는 단순히 부끄럼을 많이
타는 알바생인가보다고 생각했다.

그런 그녀에게 목소리 콤플렉스가 있다는 건
나중에 그녀와 좀 친해지고 난 후에야 알게 됐다.

귀여운 외모와 달리 목소리가 낮고 허스키한 그녀는
어렸을 적부터 목소리가 콤플렉스였다고 한다.
그래서 손님에게 인사를 할 때도,
카운터에서 계산을 할 때도,
목소리에 자신이 없어
더더욱 목소리가 작아질 수밖에 없었다고.

그녀가 말을 하기 전까지는 몰랐지만
그 말을 듣고 보니 목소리가 좀 허스키한 것 같기도 했다.

여기서 중요한 건 그녀가 그런 말을 하기 전까지 나는 그
사실에 대해 전혀 인지하지 못하고 있었다는 것이다.

우리는 남들이 나에 대해 어떻게 생각하는지
늘 고민하고 걱정하면서 혼자만의 상상의 나래를 펼치
지만 정작 남들은 그렇게까지 진지하게 타인에 대해 신
경 쓰지 않는다.

누구에게나 콤플렉스가 있다.

하지만, 콤플렉스는 말 그대로 본인만의 콤플렉스일 뿐.

대부분의 사람들은 타인의 콤플렉스에 대해

잘 모르고 넘어가거나

알아도 특별히 신경을 쓰지 않는다.

필요한 물건을 구매하기 위해 편의점을 방문한 손님이

알바생의 목소리가 허스키하다고 의아하게 생각할 확

률이 과연 얼마나 될까.

콤플렉스를 숨기고 싶은 마음도 이해는 가지만

그로 인해 지나치게 남을 의식하고 신경 쓸 필요는 없다.

다른 사람들과 같지 않다고 해서

다른 사람들과 비교해

자신의 모습이 못나 보인다고 해서

의기소침해지지 말자.

당신은 당신만의 매력을 가지고 있으니까.

남들이 좋아하는
내가 아니라.

。

타인의
평가에
무덤덤해지기

글쓰기 모임에서 있었던 일이다.

어떤 글을 좋아하냐는 질문에
유머와 감동이 있는 글을 좋아한다고 대답을 했더니
그런데 왜 네 글에는 유머와 감동이 없는 거냐고
내게 무안을 주던 친구가 있었다.

물론, 반 농담으로 한 말이긴 했지만
모두가 지켜보는 상황이었고
장난 속에 조금은 그 친구의 진심도
포함되어 있다고 생각했기 때문에

나는 너무나 부끄러웠다.

소심함의 끝판왕이었던 나는

생각하면 할수록 속상한 마음이 들었고

나중에는 그 친구의 얼굴을 보는 것조차 불편해져

얼마 안 가 글쓰기 모임을 그만둬버렸다.

지금 생각해보면 그게 모임을 관둘 정도의 일이었나 하

는 생각이 든다.

그 친구는 순수하게 장난으로 한 말일 수도 있고

설사 진심이라 하더라도

그건 그 친구 혼자만의 생각일 뿐인데.

내가 그 친구의 평가에

그렇게 예민해질 필요가 있었을까.

그 친구의 평가로 내 글의 가치가 떨어지는 것도 아니고

그 친구가 아니어도 내 글을 좋게 보고 찾아주는 사람

남들이 좋아하는

내가 아니라.

들은 얼마든지 많이 있는데.

내가 모든 장르의 글을 다 좋아하는 건 아니듯
누군가도 내 글이 취향이 아닐 수도 있는 거라고 생각
하면 되는 거였는데 말이다.

앞으로는 좀 무덤덤해져야겠다고 생각했다.

내 인생에서 잠깐 스쳐 지나갈 사람의 평가에
굳이 그렇게까지 신경을 곤두세우며
살아갈 필요는 없으니까.

°

후회의 순간이
오면
마음껏
후회하기

"지나간 슬픔에 새로운 눈물을 낭비하지 말자."

영화 〈신과 함께〉에 나오는 대사다.

영화를 볼 때는 아무 감흥이 없었는데
많은 사람들의 입에 오르내리며
인터넷에 떠도는 것을 보면서
나도 그 말에 대해서 다시 생각해보게 되었다.

나는 후회를 많이 하는 사람이다.
지난 일을 생각하다가 창피해서

이불을 펑펑 걷어찰 때도 있고
과거의 선택을 후회하며
밥을 먹다가도 가끔 한숨을 내쉴 때가 있다.

그때 조금만 더 열심히 했다면?
그때 포기하지 않았다면?
그때 다른 선택을 했다면?
그때 헤어지지 않았다면?

뒤늦게 그런 생각을 해봤자
아무것도 달라질 게 없다는 걸 알면서도.

하지만 이게 꼭 나쁜 것만은 아니라는 생각을 한다.

그때 열심히 하지 않았던 걸 후회하기에
지금 더 열심히 해야 한다는 의지가 생겼고
그때 포기했기에 새로운 도전을 할 수 있었다.
그리고 그때 잘못된 선택을 했기 때문에

선택의 순간이 올 때 더 신중할 수 있게 되었고
그때 헤어졌기 때문에 나는 더 성숙해질 수 있었다.

사람은 누구나 후회를 한다.
후회하지 말자 다짐하지만
그런 순간까지도 결국은 후회인 것이다.

너무 애쓰지 말자.
후회의 순간이 오면 후회하고,
그리우면 그리워하고
생각나면 생각하고, 그러다 잊히면 잊어버리고
순리대로 살자.

그 모든 순간들이 모여서
지금 현재 더 나은 삶을 살게 하는
밑거름이 되는 거니까.

당신의 오늘이 너무 외롭지 않게

그 옆에는

예쁘고 다정한 사람이 머무르기를.

어른도
똑같이
아프다

아빠는 감기를 심하게 앓으면서도 회사에 갔다.

어른이 되면 감기에 걸려도 금방 괜찮아지고
몸이 좀 아픈 것쯤 쉽게 이겨낼 수 있는 줄 알았다.

그런데 그게 아니었다.

아파도 아픈 티를 내지 못하고
그냥 견디는 거였다.
아프지 않을 때까지.

상처에 무뎌지는 사람은 없다.
어른이 되어도 똑같이 아프다.

。

나를
힘들게만   하는
사람을
놓아주기

아쉬울 때만 나를 찾는 친구가 있었다.

평소에는 뜸하다가 도움이 필요하거나
부탁할 일이 있을 때만 연락을 하고
정작 내가 연락을 하면 바쁘다는 핑계로
내 연락은 받지도 않는 그런 친구.

한번은 몸이 너무 아파서 친구의 부탁을 거절하자
"너 같은 건 친구도 아니야."라고 말하며
내게 악담을 퍼부었던 적도 있었다.

다시는 연락을 하지 않을 것처럼 전화를 끊었던 친구는
얼마 후 또다시 부탁할 게 있다며 연락을 했었다.

그렇게 몇 년을 알고 지내다가
어느 순간부터 친구의 연락을 받지 않았다.

관계를 이렇게 끊어도 되는 걸까 사실 걱정도 좀 했는데
그 친구와 연락을 끊고 난 뒤에는 오히려 홀가분해졌다.

그 뒤, 친구와 나를 동시에 아는 지인에게서
그 친구가 내 욕을 하고 다닌다는 말을 들었지만
그다지 기분 나쁘지도 않았고 별로 신경 쓰이지도 않았다.

'친구'라는 이름으로 불렸지만 사실은 '친구'가 아니었다.

친구라는 가면을 쓰고
나를 힘들게만 하는 사람이 있다면
그냥 놓아줘버리자.

그렇게 하지 않아도

당신을 진심으로 사랑해주고

소중하게 아껴줄 사람은

여기, 많이 있으니까.

。
모두의
행복을
기 도 해 주 기

은행에서 볼 일을 보고 나오면서
창구에 있는 직원을 향해
"감사합니다, 좋은 하루 되세요!"
라고 말하고는 내가 한 말에 내가 너무 놀라버렸다.

영화관에서 알바를 했을 때라 인사 멘트가 입에 붙어
나도 모르게 영화관 인사 멘트를
은행 직원에게 해버린 것이었다.

오버했다는 생각에 얼굴이 확 붉어져서
혼자 민망해하는데

일순간 인사를 받은 직원의 얼굴이 활짝 펴지면서
고객님 덕분에 좋은 하루를 보낼 수 있을 것 같다고
내게 감사 인사를 하는 게 아닌가.

실수로 한 말에,
은행 직원은 정말이지 감동을 받은 듯했다.

내가 던진 사소한 말 한마디로
누군가의 행복이 시작될 수도 있다는 걸 그때 알게 됐다.

그 이후 나는 자주 가는 편의점이나 카페, 은행
등에 들를 때에는 항상 그곳의 직원에게 "감사합
니다, 좋은 하루 되세요!"라고 인사를 하곤 한다.

그들의 하루가 행복하기를 진심으로 응원하고 기
도하면서.

。
가끔은
다른 길을
가보기

학원 가는 길에 우연히 같은 수업을 듣는 친구를 만나
함께 길을 걸어가던 중이었다.

학원을 가려면 왼쪽 길이 지름길인데
두 개의 갈림길이 나오자 친구가 지름길을 놔두고
오른쪽 길로 가겠다며 방향을 트는 것이 아닌가.

항상 지름길만 이용했던 나는
오른쪽으로 가겠다는 친구의 말이 의아해서
혹시 지름길을 모르는 거냐고 물었다.
그러자 친구가 고개를 저으며 말했다.

그게 아니라,
오른쪽으로 가는 길에는
지금 한창 꽃이 예쁘게 피어 있다고.
그래서 오른쪽으로 가는 거라고.

솔직히 그 말을 듣고도 별 감흥이 없었지만
여기까지 같이 걸어와서 갈라지기도 좀 그래서
친구를 따라 함께 방향을 틀었다.

친구의 말대로 오른쪽 길에는
곳곳에 예쁜 꽃이 피어 있었다.
친구가 왜 지름길을 놔두고 먼 길을 돌아서 가는지
조금은 이해할 수도 있을 것 같았다.

기분이 좀 이상했다.
은연중에 오른쪽 길로 가는 건
시간낭비를 하는 거라고 생각했는데.

남들이 좋아하는
내가 아니라.

그날 이후 나는 조금 바뀌었다.

여전히 지름길로 갈 때가 더 많았지만
아주 가끔씩 오른쪽으로 가기도 한다.

오른쪽으로 가면
왼쪽 길에서는 볼 수 없는
아름다운 풍경들을 볼 수 있으니까.

。

무조건
내가 옳다는
생각 버리기

길을 가다가 내 앞에 돌이 보이면

그 돌을 비켜서 지나가는 사람도 있고

돌을 밟고 가는 사람도 있고

돌을 다른 곳으로 치우고 가는 사람도 있다.

정답은 없다.

각자 살아가는 방식이 다를 뿐이다.

그러니까, 무조건 나만 옳다고 생각하지 말자.

나도 옳고, 당신도 옳고,
우리 모두가 옳을 수도 있다.

。

엄 마 에
대 해
생 각 해 보 기

집에서 요리를 하다가 궁금한 게 생겨서
엄마에게 전화를 했더니
외할머니 제사라 외삼촌댁에 와 있어서
통화를 길게 할 수 없다고 했다.

아차, 싶었다.
나는 엄마에게도 엄마가 있었다는 사실을
종종 잊어버리곤 한다.

마치 처음부터 엄마는 엄마로 태어나고
나는 엄마의 딸로 태어난 것처럼.

남들이 좋아하는
내가 아니라.

나는 서른이 넘었지만
아직도 몸이 아플 땐 엄마에게 어리광을 부리고
친구와 싸우면 엄마에게 이르고

직장 상사가 괴롭히면 엄마에게 상사의 뒷담화를 하고
요리를 하다가 모르는 게 생기면 엄마에게 물어보고
그래도 도저히 못 만들겠으면
엄마에게 만들어달라고 한다.

엄마는 지금껏 나의 엄마였을 뿐 아니라
나의 가장 친한 친구이기도 했고
내 인생의 가장 든든한 지원군이자 버팀목이었다.

나는 문득 누군가의 '딸'이었을
엄마의 모습을 상상해보았다.

엄마도 엄마의 엄마에게 어리광을 부렸을까.
엄마도 가끔 엄마의 엄마에게 반찬 투정을 했을까.

*

엄마도 친구와 싸우면 엄마의 엄마에게 일렀을까.
엄마도 나처럼 아플 때는 엄마의 엄마가 생각날까.

서른이 넘은 나는 아직도 엄마가 필요할 때가 많은데
엄마도 엄마의 엄마가 필요할 때가 많을까.

그럼 외할머니가 돌아가신 지금은 어떨까.

상상하기가 무서웠다.
엄마가 없다고 생각하면
내 인생은 너무 깜깜할 것 같은데
엄마의 인생 또한 그렇게 깜깜할까 봐.

그래서 나는 엄마가 내게 그랬듯
지금부터라도 엄마에게 의지가 되는 딸이자
엄마의 가장 친한 친구이자
엄마 인생의 가장 든든한 지원군이 되어보려고 한다.

한때는 누군가의 소중한 딸이었고
꿈 많은 소녀였을·엄마의 삶이
나로 인해 조금이라도 편안하고
행복해지기를 바라며.

당신은 참 강한 사람이다.

힘들고 괴로운 순간에도

주변 사람들을 생각해

겉으로 티 내지 않고

아무렇지 않은 척 웃고 있으니.

하지만 나는 알아.

당신이 참 여린 사람이라는 걸.

그 마음은 이미 잔뜩 젖어 있다는 걸.

。

결과가
좋지 않아도
받아들이기

어릴 적 오빠와 함께 부루마불이라는 게임을 하던 중에
주사위를 던져서 숫자 5가 나오기만 하면
내가 이길 수 있는 타이밍이었는데
안타깝게 숫자 3이 나와 오빠에게
역전의 빌미를 제공해버린 적이 있었다.

한 번만 더 주사위를 던지게 해달라고 오빠에게 떼를 썼지
만 승부의 세계는 냉혹했고 결국 게임은 오빠가 이겼다.

다 이긴 게임을 역전당한 탓에
그날 잠자리에 누워서도 몸을 계속 뒤척였다.

남들이 좋아하는
내가 아니라.

그리고 어른이 된 지금도
나는 가끔씩 새벽까지 뒤척일 때가 있다.

헤어진 연인 때문에,
떨어진 시험 때문에,
아깝게 놓쳐버린 일 때문에.

하지만 뒤늦게 고민하고 뒤척여봐도 바뀌는 건 없었다.
왜냐하면 남자친구도, 시험도, 일도, 모두 이미 끝나버
린 일이기 때문이다.

주사위가 던져졌을 때 우리가 할 수 있는 건
던져진 주사위를 확인하는 일뿐이다.
내가 원하는 숫자가 나오지 않았다고 해서
다시 되돌릴 수는 없다.

받아들여야 한다.
그 상황이 바뀔 수 없다는 걸.

받아들이지 못하고 전전긍긍할수록

나만 더 힘들어질 뿐

변하는 건 아무것도 없다.

힘들더라도, 아프더라도, 시련을 받아들이자.

받아들여야 또 새로운 기회를 얻을 수 있을 테니까.

。

도움이 필요한
사람에게
손을 내밀어보기

폐지가 가득 담긴 수레를 끌고 횡단보도를 건너던 할아
버지가 차들이 많이 지나다니는 횡단보도에 폐지를 쏟
아버렸다.
그로 인해 횡단보도는 난장판이 된 상황.

그때 사람들이 어떻게 반응할 것인지 실험을 하는
TV 프로그램을 본 적이 있다.

방송에는 할아버지를 도와 폐지를 주워주는 몇몇 사람
들도 있었지만 가만히 지켜보거나 할아버지를 지나쳐
자기 갈 길을 가버리는 사람이 대부분이었다.

각자의 바쁘고 힘든 삶을 이해는 하지만
한편으로는 씁쓸하기도 했다.

나라면 어떻게 했을까.
궁금했지만 그런 상황이 없었기에
쉽게 단언할 수는 없었다.
그런데 내게 실제로 그런 일이 벌어졌다.

퇴근길에 내 앞에서 걷고 있던 여자 분의 쇼핑백이 터
지면서 길바닥에 수백 개의 동전들이 와르르 쏟아져버
린 것이다.

갑작스러운 상황에
나를 포함한 그곳에 있던 모두가 경악했다.

100원, 50원, 10원으로 구성된 수백 개의 동전들이
난잡하게 길바닥에 흩어졌고
허둥지둥 동전을 줍는 여자 분에게는

도움의 손길이 필요해 보였지만
그날 나는 감기 기운 때문에 컨디션이 좋지 않아
집에 가자마자 잠을 자야겠다고 생각하고 있었던지라
그 상황을 보고도 쉽게 다가가지 못한 채
머뭇거리고 있었던 게 사실이다.

그냥 모른 척 지나갈까.
솔직히 그런 생각도 잠깐 했었다.

하지만 혼자 고군분투하고 있는 여자 분이 너무 안돼 보
여 가던 길을 멈추고 동전을 줍기 위해 허리를 굽혔고
지켜보고 있던 사람들도 하나둘 거들었다.

장바구니를 들고 있던 아주머니도,
하교 길인 듯 교복을 입은 학생무리도,
동전이 쏟아진 곳 근처에 위치한 음식점 사장님과
직원들도 나와서 여자 분을 도왔다.

길거리에 동전이 한 개도 안 보일 때까지
모두가 한 마음으로 여자 분을 도왔고
동전을 다 주운 후 여자 분은 거의 울먹이다시피 하며
한 명 한 명에게 감사 인사를 했다.

그날 집에 돌아오니 손바닥이 흙투성이가 되어 있었지만
찝찝하기는커녕 오히려 산뜻한 기분이 들었다.

온 세상을 얼려버릴 듯 추위가 기승을 부리던 한 겨울
이었음에도 불구하고 그때가 내게는 가장 따뜻했던 계
절로 기억된다.

우리가 사는 세상이 옛날에 비해 많이 각박해지고
삭막해졌다고들 한다.
저마다의 이유로 삶이 바쁘고 고단하기 때문일 것이다.
하지만 그 속에서도 누군가는 아무 대가를 바라지 않고
타인에게 호의를 베풀고 또 다른 누군가는 도움을 필요
로 하는 사람에게 기꺼이 손을 내밀기도 한다.

그날, 나는 깨달았다.

내가 사는 세상은

내가 생각하는 것 이상으로

따뜻한 세상이라는 것을.

。

타고난 재능이
없더라도
노력하는 사람이
되기

천재는 99%의 노력과 1%의 영감으로 이루어진다는
에디슨의 말을 의심하기 시작한 것은 초등학교 5학년 때
한 예능프로그램에서 암기천재라고 소개된 아이를 보고
나서부터였다.

그 아이는 100개의 숫자들을 한 번에 외우거나
복잡하게 널려 있는 그림 조각들을
순서에 맞게 조합하는 등.
한 번 눈으로 본 것들을 단시간에 기억하는 신기한 재능
을 가지고 있었다.

프로그램의 말미에

어떻게 해서 그런 재능을 갖게 된 건지 MC가 묻자

어린 아이는 부끄러운 듯 머리를 긁적거리며 대답했다.

"나도 몰라요. 그냥 해보니까 되던데."

…그냥 해보니까?

그 순간 우습게도 내 심장은 살짝 두근거렸다.

나도 어쩌면…이라는 기대를 하면서.

지금 생각해보면 참으로 어처구니없는 발상이었지만

나는 내심 내가 천재이기를 기대하면서

TV 속 암기천재처럼 공책에 숫자들을 길게 쓰고

그걸 다 외우는 데 시간이 얼마나 걸리는지를 시험해봤다.

물론, 암기천재처럼 한 번 보고 숫자들을 다 외우지는

못했다.

두 번을 봐도, 세 번을 봐도 정확히 외워지지는 않았다.
한 30번 정도를 반복해서 봤을 때가 돼서야
공책을 보지 않고도 숫자를 다 외울 수 있었다.

그때 깨달았다.
천재가 되기에는 내 암기력이 너무나 딸린다는 것.
그렇지만 계속 노력하다 보면 아무리 긴 숫자라도 외울
수 있다는 것.

타고난 재능을 부러워하지 말자.
천재가 아니더라도 당신이 이루고 싶은
모든 것들을 당신은 이룰 수 있다.

100%의 노력만으로도 충분히.

°

너그러운
마음으로
이해해주기

천사처럼 착한 친구가 한 명 있다.

주문한 음식이 한 시간째 배달되지 않아도
"사정이 있겠지."라고 넘기고
마주오던 사람이 어깨를 치고 지나가도
"얼마나 바쁘면 저러겠어."라고 넘기는
어떤 상황에서도 화를 내지 않는 그런 친구.

언젠가 친구와 함께 영화를 보러 갔는데 엘리베이터가
고장 나 9층까지 계단으로 올라가야 했던 적이 있었다.

한여름이라 날씨도 덥고 좁은 계단에 사람도 많아서
주변에 있던 모두가 짜증을 내면서 계단을 올라가고 있
었는데 친구는 그 상황에서도 인상 한 번 찌푸리지 않고
9층까지 묵묵히 계단을 올랐다.

어떻게 저럴 수가 있지.
쟤는 정말 아무렇지 않은 걸까.

진심으로 화가 나지 않는 건지, 억지로 화를 참는 건지
모르겠지만 단 한 번도 그 친구가 화내는 걸 본 적이 없
었다.
그래서 친구에게 물었다.

"너는 짜증 날 때 어떻게 해?"
"짜증을 내지."

그 말을 들으니 더더욱 궁금했다.

"그런데 왜 지금은 짜증을 안 내?"

친구는 무슨 얘기를 하느냐는 듯한 표정이었다.

"짜증 낼 일이 아니니까."

이게 짜증 낼 일이 아니라고?
9층까지 걸어 올라왔는데?

따지고 싶은 말이 목 끝까지 차올랐지만
나만 괜히 이상한 사람이 된 것 같아
대충 고개만 끄덕이고는 영화를 보러 들어갔다.

하지만 그때는 이해할 수 없었던 친구의 말을
지금은 어렴풋이 알 것도 같다.

두 개의 그릇에 같은 양의 물을 부었을 때,
작은 그릇에는 물이 금방 흘러넘치지만

큰 그릇에는 그보다 더 많은 양의 물을 담아낼 수 있다.

사람의 마음도 마찬가지다.
우리 마음속에는 저마다 다른 크기의 '그릇'이 있다.

똑같은 상황에서 누군가에게는 짜증나는 일이
누군가에게는 별일이 아니게 되는 것은
각자 그릇의 크기가 다르기 때문인지도 모른다.

그래서 나는 이제부터라도
내 마음 속 그릇의 크기를 조금 더 키워보려고 한다.

사소한 일에 일일이 분노하고 짜증을 내기보다는
"그래, 너도 사정이 있겠지." 하고 너그러운 마음
으로 이해해주고 넘어가줘야겠다.

모래처럼 팍팍한 이 세상,
나라도 누군가에게는 따뜻한 사람이 되어줘야지.

。

내 몸을
방치하지
말기

감기에 걸려 병원에 갔더니 의사 선생님이 묻는다.

"언제부터 아팠어요?"

곰곰이 생각하다 대답했다.

"지난주 화요일부터 목이 조금씩 아팠던 거 같아요."

선생님의 시선이 잠시 책상 위의 달력을 향했다가 다시
내게로 돌아온다.

"그런데 왜 지금 왔어요?"

사실 목이 아프기 시작했을 때부터
어렴풋이 감기가 올 거라는 걸 예상하고 있었다.
하지만 그때까지만 해도 목에 약간의 이물감만 느껴질 뿐
다른 곳은 크게 아픈 곳이 없었기 때문에
조금만 참아보려고 했다.

참다 보면 괜찮아질 수도 있으니까.

몸이 좀 불편하던 증상이,
온몸에 열이 나고 머리가 아프고 콧물이 나고
음식을 삼키지 못할 정도로 목이 붓는 증상으로 발전하
기까지 일주일이라는 시간이 걸렸고
일상생활을 할 수 없을 정도로 증상이 심각해져서야
나는 병원을 찾아갔던 것이다.
참다 보면 괜찮아질 수도 있다는 생각으로.

하지만,
그런 안일한 생각으로 병을 키운 것은 얼마나 미련한
짓이었던가.

왜 지금 왔냐는 선생님의 물음에 대답을 하지 못했던 건
무책임한 행동에 대한 부끄러움 때문이었다.

참을 수 있다고 해서
일이 바쁘다고 해서
귀찮다고 해서
아픈 걸 모른 척 하고 내 몸을 방치하지 말자.

당신이 오늘 저녁 식사 메뉴를 정하는 일보다
SNS에 업데이트할 사진을 선별하는 일보다
더 신중하고 중요하게 생각해야 할 것은
다른 무엇도 아닌, 당신의 건강이라는 것을
잊지 말았으면 좋겠다.

。

가 치 있 는 일 에
순 위 를
매 기 지 말 기

울고 있는 아이에게
손에 쥐고 있던 사탕 모두를 건네주는 사람은
훌륭한 사람이다.

하지만 울고 있는 아이에게
손에 쥐고 있던 사탕의 반만 건네주는 사람도
역시 훌륭한 사람이다.

선행은, 얼마나 베푸는지가 아니라 베푼다는 것 자체에
의미가 있다.

우리가 사는 세상이
좀 더 따뜻한 세상이기를 바란다.

울고 있는 아이에게도,
사탕을 쥐고 있는 사람에게도,
그들을 바라보는 우리들에게도.

。

주 기 적 으 로
치팅데이를
가져주기

공부를 열심히 하고 있는 아이에게 부모님이 다가가
"더 열심히 공부해라."라고 했다.
그 말을 들은 아이는 더 이상 공부가 하기 싫어졌다고
한다. 아이는 왜 공부가 하기 싫어졌을까?

치팅데이라는 말이 있다.
속인다는 뜻의 cheating이라는 단어와 날(日)이라는 뜻의
day가 합쳐져 만들어진 것으로 주로 다이어트를 하는 사
람들이 절제된 식단을 유지하다가 일주일에 하루 정도
먹고 싶은 음식을 먹으면서 기분을 전환하는 날이라고
한다.

나는 우리 인생에서도 치팅데이가 적절히 섞여 있어야
한다고 생각한다.

공부만 열심히 하던 아이가
"더 열심히 공부해라."라는 부모님의 말에 갑자기 공부
가 하기 싫어진 것은
부모님이 '계속 공부만' 하라고 했기 때문이다.

인생길을 가다 보면
하기 싫지만 꼭 해야만 하는 일이 있다.
그 일을 하기 위해 참고 버티는 것은 중요하다.
하지만 하기 싫은 일을 계속 하다 보면
언젠가는 지치기 마련이다.
내가 나약해서가 아니라 인간이니 그럴 수밖에 없다.

그리고 그럴 때는 잠시 쉬어줘야 한다.

걷고 싶지 않으면 잠시 멈추고
주저앉고 싶은 순간이 오면 주저앉아 쉬도록 하자.

초조해하거나 조급해하지 않아도 된다.
잠시 멈춘다고 해서 패배자가 되는 것도 아니고
잠시 주저앉는다고 해서 인생의 낙오자가 되는
것도 아니다.

휴식이 필요한 순간에
망설이지 않고 주저앉아 쉴 수 있을 때
비로소 우리에게는 한 발 더 앞서 걸어갈 수 있는
힘이 생긴다.

°

근거 없는
뒷담화에
무덤덤해지기

나에 대해 안 좋은 이야기를 하고 다니는 친구가 있다는
이야기를 전해 들었다.

지나가다 마주쳐도 인사 정도만 겨우 하는, 말도 몇 번
나눠본 적 없는 친구였는데 다른 친구들 앞에서 내 욕
을 그렇게나 하고 다닌다고 했다.

착한 척을 한다
가식적으로 웃는다
목소리가 듣기 싫다 등등.

솔직히 기분이 별로 안 좋았다.

그다지 착한 척을 한 적도 없었고
웃음이 많았던 건 사실이지만
가식적으로 웃은 적은 없었다.
게다가 목소리는 타고난 거라 어떻게 할 수 없는 부분
인데 듣기 싫은 걸 나더러 어쩌라는 건지.

그냥 무시하라는 친구들의 말에 그러겠다고 했지만 그
이후로 그 친구를 마주칠 때마다 나도 모르게 그 친구
를 의식하게 됐다.

웃고 떠들다가도 그 친구가 신경 쓰여 표정이 굳거나
한참 이야기를 하다가도
그 친구를 의식해 목소리를 낮춘다거나
그러다 보니 신경이 점점 더 예민해졌고
늘 예민한 상태다 보니 친구들도 나를 이상하게 여겼다.

그러던 중 문득 이런 생각이 들었다.

내 뒷담화를 한 친구는 아무렇지 않게 잘 지내는데
나만 왜 저 친구를 신경 쓰고 있는 거지?
나쁜 건 저 친구인데
왜 나만 이렇게 스트레스를 받고 있지?

그런 생각이 든 후부터는 그 친구에 대한 신경을 끄기
로 했다.

웃고 싶을 때 웃고, 이야기가 하고 싶을 땐
그 친구가 있건 없건 신경 쓰지 않고 이야기를 하고.
본래의 나로 돌아와 지내다 보니
주변에는 친구들이 더 많아져 있었다.

그 이후에도 그 친구가 내 뒷담화를 했는지 안 했는지
는 모른다.

누군가 나에 대해 어떤 이야기를 하든

나는, 내 주변의 좋은 사람들과 함께,

꿋꿋이 내 인생을 살아가는 데만 전념했으니까.

남들이 좋아하는
내가 아니라.

。

외로워도 슬퍼도
**인생을 즐기면서
살아가기**

"너도 외로울 때가 있어?"

얼굴도 예쁘고 성격 또한 밝고 털털해서 주변에 항상 친
구가 많고 어디를 가나 사랑받는 친구가 있다.
삶이 너무 행복하고 반짝거려 외로움이라는 단어조차
모를 것 같은 그런 친구.

외로울 때가 있냐는 물음에 그게 뭐냐고 물어도 그 친
구라면 이해할 수 있을 것 같았다.

하지만 친구는 전혀 다른 답을 했다.

"왜? 나는 안 외로울 것 같아?"

솔직히 전혀 안 외로울 것 같았지만
그렇게 대답할 순 없었다.

"나는 안 외로울 것 같냐."는 친구의 말이
그 순간 "나도 사실은 엄청 외로워."라는 말로 들렸기
때문이다.

그래, 내가 모르는 것뿐 친구도 외로울 때가 있을 거다.
사랑받는 것과 외로움은 별개의 문제니까.

많은 사람들에게 둘러싸여 있어도
가슴 한 구석이 허전할 수 있고
걱정 없이 행복해 보여도
저마다의 걱정과 고민을 안고 살아가는 게 사람이니까.

친구는 외롭지 않은 게 아니라

외로운 순간에도
자신의 인생을 즐기며 살아가는 것이리라.

친구를 보면서 나는 다짐했다.
삶이 아무리 고단하고 힘들어도
외로움에 잠식당하지 않겠다고.

피할 수 없다면, 나도 즐길 것이다.
소중한 나 자신을 위해.

○

울 고 싶 을 땐
마음껏
울기

예전에 내가 사는 지역에 웃음 치료사라는 분이 와서 강
연을 한 적이 있다.

그때, 강연을 같이 듣던 할머니 한 분이
좋은 일이 있어야 웃지 요새는 웃을 일이 없다며 한탄을
하시자 그럴 때일수록 더 웃어야 한다며 웃음치료사는
할머니에게 '하루 중 웃는 시간을 가져보기'를 권했다.

웃으면 폐활량도 늘어나고
웃을 때 분비되는 엔돌핀 호르몬이 혈관을 이완시켜서
혈류량이 늘어나기 때문에 건강에도 좋다며

하루에 한 번씩 꼭 시간을 정해놓고
그 시간에 맞춰 웃는 연습을 해보라는 거였다.

그 말을 듣고 집으로 돌아온 나는
한 가지 결심을 하게 됐다.

하루 중 웃는 시간 대신
하루 중 우는 시간을 가져보자고.

당시의 내게는 웃는 시간보다는
'우는 시간'이 더 시급했기 때문이다.

그때부터 나는 매일 혼자만의 우는 시간을 가졌다.

정해진 시간에 맞춰 한바탕 울고 나면
그동안 억눌러 왔던 감정들이 폭발하면서
속이 뻥 뚫리는 것 같고 스트레스도 풀리는 것 같았다.

살다 보면,

눈물이 날 것 같은 순간에도

억지로 웃어야 하는 순간들이 많고

속이 아무리 답답하고 괴로워도

눈물을 참아야 하는 순간들이 많다.

꼭 많이 웃어야만 몸과 마음이 건강해지는 것은 아니다.

웃고 싶을 땐 웃고

울고 싶을 땐 울자.

울어야 하는 순간에 적당히 울어주는 게 정신 건강에는

더 좋다.

친구가 내게 말했다.

"나는 네가 많이 웃었으면 좋겠어."

나는 내게 말했다.

"나는 내가 마음껏 울었으면 좋겠어."

남들이 좋아하는

내가 아니라.

。

아빠니까
당연한 건
없다

드라마 작가가 되겠답시고 대학교를 졸업하자마자 서울
에 올라왔다.

서울에서 집을 구하고, 방송 학원에 등록을 하고,
글을 쓰겠다는 생각으로 노트북도 새로 하나 장만했다.
그리고 그 모든 비용을 아빠가 다 대줬다.

아빠니까 당연히 나를 위해 집을 얻어줘야 해.
아빠니까 당연히 나를 위해 학원 등록금을 내줘야 해.
아빠니까 당연히 나를 위해 노트북을 사줘야 해.

나는 그 모든 것들을 당연하게만 생각했다.

세월이 흘러 직장에 다니며 내 돈으로 월세를 내고
내 돈으로 필요한 물건을 사고
내 돈으로 생활을 꾸려나가게 된 지금에서야
나는 그때의 나를 되돌아보게 되었다.

우리 아빠는 참 힘들었겠다.
내가 아빠를 너무 당연한 존재로만 생각해서.

내가 원하는 모든 것들을 아낌없이 지원해주기 위해
우리 아빠는 얼마나 힘들었을까.
그 모든 것들을 당연하게 생각하는 나를 보면서
아빠는 무슨 생각이 들었을까.

아빠니까 당연한 건 없다.

내가 지금까지 무사히 먹고, 자고,

남들이 좋아하는
내가 아니라.

살아갈 수 있는 이유는,

사회의 한 구성원으로 성장할 수 있었던 이유는,

아빠의 사랑과 아낌없는 지원이 있었기 때문이라

는 걸 잊지 말자.

궁금한 게 있어요.

상처투성이인 여린 마음으로 살아가면서

위로받고 싶은 날 위로받지 못하고
울고 싶은 날 눈물을 참아야 하는 게

어른들의 삶인가요?

。

다른
사 람 을
칭 찬 해 주 기

대학 시절, 시 수업 시간에 있었던 일이다.

학생들이 쓴 시를 읽고 시에 대한 이야기를 나누며
수업을 진행하시던 교수님이
돌연 내 시를 읽을 차례가 와서는
"이 구절은 이런 의미로 쓴 게 맞나요?"라고
내게 질문을 한 적이 있었다.

사실 그때는 시를 어떻게 써야 하는지도 몰랐고
의미고 뭐고 아무 생각 없이 썼기 때문에
나는 조금 당황했던 게 사실이다.

그럴싸한 의미라도 지어서 말해야 하나 고민하다가
그래도 거짓말을 하는 건 아닌 것 같아
기어들어가는 목소리로 교수님께 솔직하게 말했다.

"사실, 아무 생각 없이 썼습니다."

그 말을 하자마자 어디에선가 키득거리는 소리가 들렸고
교수님도 내가 그런 답을 내놓을 거라고는 예상하지 못
하신 듯 약간 황당해하는 표정으로 몇 초간 나를 바라
만 보고 계셨다.

역시 거짓말이라도 했어야 한다고
나는 뒤늦게 후회를 했고
그런 나를 보며 동기들은 더 크게 웃어대기 시작했다.

그런데 그때 교수님이 말씀하셨다.

"잘했어요.

시는 원래 아무 생각 없이 쓰는 겁니다."라고.

그때부터 나는 시가 좋아졌다.

청찬은, 누군가를 변화시킬 수 있다.
당신도, 누군가에게 희망을 줄 수 있다.

。

왼손이
알게
해야 하는 일

얼마 전, 매년마다 꾸준히 불우한 이웃에게 기부를 해온
한 아이돌 가수의 뜻에 따라 그의 팬들도 기부에 동참하
고 있다는 훈훈한 내용의 기사를 본 적이 있다.

이처럼, 오른손이 한 일을 왼손이 알게 했을 때
더 좋아지는 일이 있다.

바로, 선행이다.

선행이 유행처럼 번지는 사회가 되었으면 좋겠다.

。

아름다운
당신에게

아무리 바쁘고 힘들어도

꿈을 좇던 초심을

일상의 소소한 행복을

지금 곁에 있는 소중한 누군가를

잃어버리지 않는 사람이 되기를.

남들이 좋아하는
내가 아니라.

°

흔들리는
친구에게
꼭
해주고 싶은 말

오랜만에 만난 친구가 한숨을 푹 내쉬며 말했다.

"내가 지금 잘 살고 있는 건지 모르겠다."

잘 사는 건 뭘까?

어떻게 사는 게 잘 사는 걸까?

삶은 시련과 좌절의 연속이다.

하지만 불행의 한가운데서도

어떻게든 살아가기 위해 참고, 버티고, 견뎌내고 있다면 나는 그걸 잘 살고 있는 인생이라고 생각한다.

지금 이 순간 흔들리는 당신에게
꼭 해주고 싶은 말이 있다.

불안해하지 않았으면 좋겠다.
당신은 잘 하고 있고, 앞으로도 잘 해낼 테니까.

°

예 측 할   수   없 는
내 일 을
기 대 하 며
살 아 가 기

"잠시 후 과속방지 턱이 있습니다."

"30미터 앞 우회전입니다."

내비게이션 안내 멘트를 듣다가 우리 인생에도 내비게
이션이 있다면 어떨까 상상해보았다.

삶이라는 여러 개의 갈림길에서 선택을 해야 하는 순간
에 누군가 확실한 답을 알려주고 결정할 수 있다면.

어느 방향으로 얼마나 더 가면 되는지,

어느 곳에서 멈추어야 하고

어느 곳에서 멈추지 말아야 하는지,
누군가 답을 알려주고
올바른 길을 갈 수 있도록 도와준다면.

그런 상상을 하다가 이내 그만두었다.

정답을 알고 가는 길은 얼마나 따분하고 무료할
까. 예측할 수 없기에 더 설레고 기대되는 게 우
리의 인생인데.

°

행 복 한 지
자 문 해 보 기

"행복의 사전적 의미를 아세요?"
라는 질문을 받고 한참동안 대답을 하지 못했다.

우스운 일이었다.

친구와 입버릇처럼 하던 이야기가 행복에 관한 거였는
데 정작 행복이 뭐냐는 질문에 말문이 막혀버린 것이다.

"생활에서 충분한 만족과 기쁨을 느껴 흐뭇함.

또는 그런 상태."

인터넷에서 찾아본 행복의 사전적 의미는 이랬다.

그제야 알 것 같았다.

행복은 멀리 있는 게 아니라,

내 마음가짐에 달려 있다는 것을.

남들이 좋아하는
내가 아니라.

좋은 사람들과 함께

좋은 것만 보고 좋은 생각만 하기를.

얼굴 찌푸리는 일 없이 기쁜 소식만 들려오기를.

어제보다 오늘이 더 행복한 네가 되기를.

1월에는 설레는 마음으로 시작할 수 있기를

2월에는 조심스럽게 한 걸음을 내딛을 수 있기를

3월에는 따뜻한 말 한마디를 건넬 수 있기를

4월에는 내 마음이 닿을 수 있기를

5월에는 서툰 표현이 온전히 전달될 수 있기를

6월에는 마주 보고 웃을 수 있기를

7월에는 누군가에게 서서히 물들어갈 수 있기를

8월에는 행복한 순간에 조금 더 오래 머무를 수 있기를

9월에는 변하는 것을 담담히 받아들일 수 있기를

10월에는 잡히지 않는 마음을 놓아줄 수 있기를

11월에는 멀리 가버린 어느 날을 추억할 수 있기를

12월에는 웃으며 안녕할 수 있기를

2장

누구나 힘내기
벅찰 때가 있으니까,

이런 나라도 괜찮아

오늘 하루 동안 어떤 일이 있었든
지금 이 순간만큼은
당신 마음이 편안했으면 좋겠다.

잘 자요.
예쁜 꿈꾸고.

。

엉 망 진 창

빨갛게 잘 익은 사과를 반으로 갈랐더니
속이 새카맣게 썩어 있었다.

냉장고에서 다른 사과를 꺼내 와야겠다는 생각도 못하고
한참을 물끄러미 바라만 보고 있었다.

내 속을 반으로 가르면 이런 모양이지 않을까.

힘들어도 안 힘든 척
아파도 안 아픈 척
그렇게 계속 참고 살다 보니

겉은 멀쩡해 보이는데

속은 엉망진창으로

망가지고 있는 것 같은 요즘.

∘

죽기
직전에
꼭 해야 할 일

"만약, 내일 죽는다면 너는 오늘 뭘 할 거야?"

장난 삼아 주고받던 질문에 대한 답을
지금에서야 진지하게 생각해본다.

죽음을 앞둔 사람의 심정은 어떨까.
죽기 직전 나는 누구와 함께, 무엇을 하고 싶을까.

마지막이라는 건
언제나 가슴을 먹먹하게 만드는 것 같다.

만약 오늘이 내 인생의 마지막 날이라면

오늘만큼은 내가 정말 하고 싶은 일을 하고 싶다.

누군가에게 사랑한다는 말을 하고 싶다.

누구나 힘내기
벅찰 때가 있으니까.

°

이런
나 라 도
괜 찮 아

나는 곧잘 우울해지곤 한다.

그럴 때는 하루 종일 내 방에 갇혀 나오지 않는다.

밥도 먹지 않고 연락도 받지 않는다.

우울할수록 더 슬픈 노래를 듣고

더 슬픈 영화를 찾아본다.

세상과 담을 쌓은 채 철저하게 혼자가 된다.

마치 우울에서 전혀 벗어날 의지가 없는 사람인 것처럼.

이런 나를 안타깝게 여긴 지인은 우울을 벗어날 수 있는

여러 가지 조언을 해주었다.

긍정적인 생각을 해라.

친한 친구를 만나라.

맛있는 음식을 먹어라.

하지만, 모두 불가능한 해결방안이었다.

긍정적인 생각은 들지 않았고,

누구를 만나기도 싫었고,

무언가를 먹어야겠다는 생각도 들지 않았다.

원인을 알 수 없기 때문에 해결조차 할 수 없었다.

어떤 종류의 우울은

그렇게 숨 막히게 내 목을 조여오기도 한다.

그래서 더 우울을 파고 들었는지도 모르겠다.

그냥 다 놓아버리자는 심정으로.

우울하면 우울한 생각을 하고,

우울한 생각이 들면 우울한 노래를 듣고,
우울한 노래를 들으며 또 우울한 생각을 하고.

우울을 억지로 피하려고 하지 않았다.
그리고 그렇게 땅 끝까지 우울을 파고 들었을 때야 비
로소 거짓말처럼 기분이 나아지곤 했다.

나는 아무 이유 없이 우울하고,
그러다 아무 이유 없이 괜찮아지곤 한다.

하지만, 괜찮다.

우울하다는 건,
아직은 내게도 우울에 맞서 버틸 수 있는
힘이 있다는 증거니까.

보통
날

그냥 좀 울고 싶다.

해야 할 일이 많아서.
마음먹은 대로 잘 안 돼서.
몸도 마음도 지쳐버려서.
오늘 하루가 너무 길어서.

。

수 고 했 어 ,
오 늘 도

한참 질풍노도의 시기를 겪을 때는
'힘내.' '괜찮아질 거야.' '넌 할 수 있어.'와 같은 말을
별로 좋아하지 않았다.

나는 지금도 충분히 힘을 내고 있는데
여기서 또 얼마나 더 힘을 내라는 건지.
지금 이 순간이 못 견디겠다는 건데
어느 세월에 괜찮아질 거라는 건지.
어떤 것도 하고 싶지 않은 내가
대체 무엇을 할 수 있다는 건지.

착하고 다정하기만 할 뿐, 실질적인 도움은 주지 못하는 그런 말은 차라리 하지 않는 편이 낫다고 생각했다.

그러다 세월이 흘러 버스 안에서 멍하니 앉아 있다가 라디오에서 흘러나오는 노래를 듣고 주책없이 눈물을 훔쳤다.

조용한 멜로디에 맞춰 담담하게 위로해주는 듯한 가사가 가슴에 와 닿아 가사의 일부를 곧장 핸드폰으로 검색해보았다. 옥상달빛의 〈수고했어, 오늘도〉라는 제목의 노래였다.

힘들고 지친 하루,
우연히 듣게 된 노래의 가사 한 줄이
큰 감동으로 다가오는 때가 있다.

'수고했어, 오늘도'
누구나 할 수 있는 말이지만

누구나 힘내기
벅찰 때가 있으니까.

아무도 해주지 않는 이런 가사들이 때로 우리의 마음을
울리기도 한다.

요즘은 다들 힘들다고들 한다.
그래서 '힘내'라는 말을 하기가 조심스럽다.
힘내라는 말이 상대에게 부담이 될까 봐.

맞다. 힘을 잃어버린 상황에서 하는 힘내라는 말은
무거운 짐이 될 뿐이다. 그렇지만 그 무거운 짐을 덜어
줄 수 있는 것 또한 타인의 위로이고, 위로는 따뜻한 말
한마디에서부터 시작된다.

만약, 당신이 정말 힘들고 괴로운 순간에
힘내라는 말 한마디 해주는 사람이 없다면
인생이 얼마나 삭막하고 외로울까.

당신이 힘든 순간에 누군가의 위로가 큰 힘이 되듯
누군가도 당신의 위로를 통해

다시 일어날 수 있는 힘을 얻는다.

불안하고 위태로운 우리는

그렇게 서로에게 의지하며 살아가곤 한다.

'힘내'라는 말은 근본적인 해결책은 되지 못한다.

하지만 불안과 좌절 속에서 상대를 꺼내줄 순 있다.

지금 이 순간에도 나는 나를,

그리고 당신을,

조심스럽게 위로해주고 싶다.

어떤 순간이 오더라도

잊지 말아요.

당신이 가장 소중해요.

。
우울의
이유

약간 우울해서

그냥 솔직하게

우울하다고 했을 뿐인데

너는 왜 만날 우울하냐고

나한테 뭐라 그러면

약간 우울하던 마음이

미친 듯이 더 우울해질 수밖에.

°

과 부 하

요즘 나는 그래.

해야 할 일이 산더미처럼 쌓여 있는데
손 하나 까딱하기 싫을 정도로
너무 무기력하고

아무 일도 일어나지 않았는데
마치 무슨 일이 일어난 것처럼
마음 한 구석이 심란하고 울적해.

°

잠 못 드는
너 에 게

바쁜 하루를 보내느라 고생 많았지.

내일은 또 무슨 일이 일어날까
벌써부터 걱정하고 있을지도 모르겠다.

하지만 너무 불안해하지 마.

가끔 이렇게 힘들 때도 있겠지만 잠시일 뿐
너에게는 좋은 일만 가득할 거야.

。

꿈

"가장 행복한 순간은 언제인가요?"
라는 질문을 받았을 때,
1초의 망설임도 없이 확신에 찬 상태로

"지금 이 순간."

이라고 대답할 수 있는 그런 인생을 살고 싶다.

。

누구에게나
고민은
있다

엘리베이터 앞에서 옆집에 사는 꼬마를 만났다.

간단히 인사를 주고받고 나란히 서서 엘리베이터를 타
고 내려가는데 옆에 있던 꼬마가 깊은 한숨을 내쉬었다.

"왜 그렇게 한숨을 쉬어?" 호기심에 물었더니,
"고민이 있어서요."라고 한다.
"무슨 고민?"
대수롭지 않게 또 한 번 물었더니,
"그런 게 있어요."라고 경계를 하기에
약간 황당해서 쳐다보는데

꼬마가 한숨을 푹 내쉬며 제법 어른스럽게 말한다.

"누구에게나 말 못할 고민이 있잖아요."

엘리베이터 문이 열리고 꼬마는 어깨를 축 늘어트린 채 앞서 걸어갔고 나는 멍청하게 꼬마의 뒤를 따르며 생각했다.

그래, 누구에게나 그런 날이 있지.

누구에게나.

。

한숨

"괜찮아?"라는 물음에
"괜찮아."라고 대답했는데

"진짜 괜찮은 거 맞아?"라고 묻기에
"진짜 괜찮은 거 맞아."라고 대답하며
상대를 향해 억지로 미소를 지어 보여야 했다.

힘들 때 우리를 더욱더 힘들게 하는 건
괜찮다고 말해야 하는 순간이 아니라
적당한 괜찮음을 연기해야 하는 순간이다.

。

이 유 있 는
우 울

친구가 우울하다고 해서
왜 우울하냐고 물었더니
이유 없이 그냥 우울하다고 했다.

우리는 때로
다른 사람에게는 털어놓고 싶지 않은
'이유 있는 큰 슬픔'들이 몰려올 때

'이유가 없다'는 말로 둘러대곤 한다.

。

가 까 운
사 이 에 도
비 밀 은 있 다

대학 시절 친하게 지내던 친구가 집안 사정으로 학교를
그만둔다는 소식을 같은 과 선배에게 전해 들었을 때 놀
라움보다 배신감이 더 컸다.

그렇게 중요한 얘기를 어떻게 친구인 나보다
별로 친하지도 않았던 선배에게 먼저 할 수가 있지?

배신감을 느껴서 며칠 동안 꽁해 있었지만
사실 나는 알고 있었다.
친구이기 때문에
나에게는 더 이야기하기가 힘들었을 거라는 걸.

누군가에 대한 감정이 커질수록 우리는 그 사람에 대한 모든 걸 알고 싶어 하고 그 사람이 나에게 비밀을 만드는 걸 견딜 수 없어 한다.

하지만 어떤 종류의 고민은 가깝기 때문에 더욱 이야기하기가 힘들 때도 있다.

친구라는 이유로, 연인이라는 이유로, 가족이라는 이유로 모든 걸 오픈해야 하는 건 아니다.

가까운 사이에도 비밀은 있을 수 있다.
물론 조금 서운하고, 아쉬운 마음이야 들 수 있겠지만
그 사람과 당신의 사이가 비밀을 모두 털어놓아야만
견고하게 다져지는 사이는 아니니까.

그리고 그 사람이 모든 고민을 다 털어놓지 못하는 이유는 나를 생각하는 마음이 작아서가 아니라 나에 대한 애정이 그만큼 더 크기 때문이니까.

그러려니 이해하고 넘어가자.
비밀이 있더라도 그 사람과 당신의 관계는
여전히 애틋하고 가깝다.

。

진 심

누군가 "나 힘들어." 하고 말하면,
"뭘 그 정도로 우는 소리를 하고 그래, 내가 더 힘들어."
하고 말하는 사람이 있다.

그냥 힘든가 보다 생각해줄 수는 없나.
너도 많이 힘들구나 정도로만 말할 수는 없나.

힘듦의 크기와 무게는 누가 정하는 것인지.
힘듦의 무게와 크기를 재지 않고
각자의 힘듦을 공감하고 존중해줄 수 있는
그런 사람과 함께 살아가고 싶다.

누구나 힘내기
벅찰 때가 있으니까.

°

산타 할 아 버 지 가
오지 않는
이 유

내가 7살 때, 산타할아버지에게 쓴 편지를 발견했다.

1년 동안 엄마 아빠 말도 잘 듣고 착한 일을 많이 했으니
이번 크리스마스에는 초콜릿과자를 선물로 달라는 내용
이었다.

그런 때가 있었다.

크리스마스를 기다리고
설레는 마음으로 산타할아버지에게 편지를 쓰고

초콜릿 과자 한 통에 온 세상을 가진 것마냥 행복
해하던 그런 시절이 나에게도 있었다.

가끔 그때의 내가 그립다.

지금의 나는 초콜릿 과자 한 박스로도
만족할 수 없는
욕심 많은 어른이 되어버린 것 같아서.

。

그럼에도
불구하고,
친구

나와 정반대의 성향을 가진 친구가 있다.
나이가 같다는 것 외에는 공통분모가 거의 없다시피 한
친구다.

나는 한여름에도 따뜻한 카페라떼를 마시는 사람이고
그 친구는 한겨울에도 아이스 아메리카노를 마셔야 하
는 사람이다.

나는 책이나 영화 등에 관심이 많은 반면
그 친구는 운동이나 건강에 관심이 많다.

나는 감성적이고 감각적인 것을 선호하는 편이고
그 친구는 이성적이고 실용적인 것을 선호하는 편이다.

그래서 우리는 한 공간에 있으면서도 각자 다른 이야기
를 할 때가 많다.

이렇게까지 나와 반대인 사람이 있을까라는 생각이 들
만큼 모든 것들이 나와는 안 맞는 친구였고 주변 사람들
도 우리 두 사람은 친구가 될 수 없을 거라 확신했었다.

하지만, 그럼에도 불구하고 우리는 친구가 되었다.

> 100 중 99가 나와 맞지 않아도
> 나와 맞지 않는 99개의 다름을 인정하고
> 그럼에도 불구하고 친구가 되는 것.
> 친구란 그런 게 아닐까.

。

너에게

좋은 사람들과 함께

좋은 것만 보고 좋은 생각만 하기를.

얼굴 찌푸리는 일 없이 기쁜 소식만 들려오기를.

어제보다 오늘이 더 행복하기를.

。
내가
만나야 할
사람

엄마와 아침 드라마를 보던 중이었다.

여자 주인공이 3년간 사귄 가난한 남자 친구를 배신하고
부자인 남자와 결혼을 하는 장면이 방영되고 있었다.

TV 화면을 멍하니 보다가 엄마에게 물었다.

"엄마, 내가 부잣집 남자랑 결혼했으면 좋겠어?"

"아니?"

"그럼 가난하지만 착한 남자랑 결혼했으면 좋겠어?"

"아니?"

"그럼 내가 어떤 남자를 만났으면 좋겠어?"

"엄마보다 더 너를 사랑해주는 사람."

。

우 리
관 계

한 걸음만 물러서면

더 많은 것을 보고

더 많은 것을 이해할 수 있게 된다.

한 걸음.

딱 한 걸음만 물러서면 되는데.

그걸 알면서도

그 한 걸음이 늘 그렇게 어렵다.

○

소원

계산 없이 살고 싶다.

내가 이런 말을 했을 때
상대가 나를 어떻게 생각할지.

내가 이런 행동을 했을 때
상대가 나를 어떻게 대할지.

아무 계산 없이
감정이 향하는 대로 살고 싶다.

。

타인을
의식하지
말 것

아마, 겨울과 봄 사이의 계절이었던 것 같다.

외출 준비를 하던 나는 재킷 색깔을 놓고

옷장 앞에서 한참을 고민했다.

검정색 재킷은 너무 더워 보일 것 같고

흰색 재킷은 저녁이 되면 좀 추워 보일 것 같아서였다.

고민 끝에 흰색 재킷을 입고 혹시 몰라 검정색 가디건을

가방에 한 개 챙겨 넣은 후에야 집에서 나왔다.

그러나 그런 고민을 했던 게 무색할 정도로 그날, 아무

도 내 재킷 색깔을 가지고 뭐라고 하는 사람은 없었다.

생각해보면 나 역시 특별한 날이 아니고서야 타인이 무슨 옷을 입고, 어떤 색깔의 재킷을 걸치고 있는지에 대해서는 별로 관심이 없다.

각자가 주인공인 세상에서
대부분의 사람들은 타인을 그렇게 신경 쓰지 않는다.

그러니까, 너무 의식하지 말자.

타인을 지나치게 의식해서 하는 생각이나 행동이
결국에는 나 자신만 지치게 할 뿐이다.

。

안 될 인연에
공연히
애쓰지 말자

"안녕하세요."라고 인사를 했다가
"내가 안녕한 걸로 보여?"라는 날선 답이 돌아와서 당
황한 적이 있다.

호의로 한 행동이 의외의 반응으로 돌아오는 것을 몇 번
경험하고부터는 그 사람에게 다가가는 것도 힘들고 가
볍게 인사를 하는 것조차도 꺼려졌다.

이렇게 누군가와 멀어져도 되는 걸까.
관계가 틀어진다는 생각에 그때는 겁이 났는데
생각해보니 원래부터 틀어질 수밖에 없는 관계였던 거다.

안 될 인연에 혼자 공연히 애쓰지 말자.

붙잡고 있는다 해서 나아질 관계도 아닐 뿐더러
보낸다 한들 나를 싫어하는 사람이 내 인생에서
사라지는 것일 뿐이다.

。
예민해지는
이유

점점 더 예민해진다.

나는 그저 남들보다 조금 더 생각이 많고
그래서 조금 더 조심스러울 뿐인데

그런 나를 마치 가시가 돋친 사람인 것처럼
까칠하고 히스테릭한 사람으로
취급하는 사람들 때문에.

°

미 안 하 다 는
말 로 도
회 복 하 기 어 려 운
상 처 가 있 다

'미안하다'는 말에 '괜찮아'라는 대답을 하지 못하는 것
은 당신의 마음을 불편하게 하려는 의도가 아니라,
내가 받은 상처가 너무 커 당신의 마음을 헤아려줄 수
없다는 의미다.

사과를 받지 않겠다는 게 아니라
사과받을 마음의 공간이 없다는 거다.
이미 온 마음이 상처로 가득하기 때문에.

상처 받은 사람이,
상처 준 사람의 사과를 받지 못하는 건

그런 이유 때문이다.

어떤 종류의 상처는 너무 깊어서
미안하다는 말로도 회복이 어렵다.

。

어려운
문제

어릴 적, 수학 시험지를 나눠주며 선생님은 말씀하셨다.

문제를 풀다가 어려운 문제가 나오면
그 문제는 미뤄놨다가 가장 마지막에 풀라고.
그걸 풀려고 시간을 쓰다가 다른 문제를 놓칠 수 있으니
다른 문제를 다 풀고 난 후
어려운 문제는 맨 마지막에 푸는 거라고.

그때 미뤄둔 문제처럼 지금 나를 힘들게 하는 사람도
내게는 그런 어려운 문제가 아닐까 생각해본다.

좋게 풀어보려고 해도 틈을 주지 않고
마치 나를 괴롭히려고 작정이라도 한 것처럼
내게 스트레스만 주는 사람.

그런 사람과의 관계를 풀어보려고 하는 것은
괜한 시간만 허비하는 일이 아닐까.

시간이 촉박해 끝내 풀지 못한 채
빈칸으로 남겨둬야 했던 시험 문제처럼
나 혼자만의 노력으로 풀 수 없는 관계라면
그냥 놓아버려야 되지 않을까.

。
다짐

노력해도 안 되는 것에
더 이상 매달리지 않기로 했다.

나에 대한 믿음이 없는 사람은
진심을 이야기해도 나를 믿지 않을 거고

내 마음을 이해하기 싫은 사람은
진심을 보여줘도 내 마음을 이해하지 않을 테니까.

어차피 그 사람들은 자기들이 생각하고 싶은 대로 생각
하고 자기들이 믿고 싶은 대로 믿을 뿐이니까.

。

서른
즈음에

한 살씩 나이가 들어가면서 무엇보다 내가 두려운 건

다른 사람들은 다 무엇인가를 이루어놓은 것 같은데
나만 아무것도 해놓은 게 없는 것 같은 불안감.

이대로 내 인생이
흐지부지 끝나버리고 말 것 같은 초조함.

무엇이라도 해야만 한다는 걸 알면서도
아무것도 하기 싫어하는 나의 무기력함.

요즘은 나도 내가 무슨 생각을 하고 사는지 모르겠다.

막연한 미래. 불안한 현실.

그로 인한 두려움. 혼란. 우울. 의욕상실.

잘살고 싶은데 그게 잘 안 된다.

。

생각이
많은
사람

생각이 많은 사람은

마음속으로 많은 말을 하고 있다.

하지만 생각이 많은 사람은

마음속에 있는 말을 다 하지 않는다.

누군가에게 상처 주기 싫어서.

혹은 누군가에게 상처 받기 싫어서.

。
사실은
안
괜찮아

하루가 너무 힘들고 고단하다.

요즘은 누군가 내게 괜찮냐고 물으면
그냥 습관처럼 '괜찮다'는 말만 하고 지낸다.
'안 괜찮다'고 하는 순간

그 이후의 관심과 질문들이
나를 더 힘들게 할 걸 알기에.

。
새벽에
보내는
편지

세상에 어둠이 있어서 좋은 이유는

상처 받은 누군가의 마음을

조용히 위로할 수 있는 시간이기 때문인 것 같다.

오늘 하루 동안 어떤 일이 있었든

지금 이 순간만큼은 당신 마음이 편안했으면 좋겠다.

잘 자요.

예쁜 꿈꾸고.

。

내
인 생 의
1 순 위

'이런 나를 누가 좋아해줄까.'
라는 생각을

'나라도 이런 나를 좋아해줘야지.'
라는 생각으로 바꾸어보려고 한다.

지금 내 모습이
초라하고 못나 보인다고 해서
좌절하지 말고 이런 내 모습마저도
더 많이 아껴주고
사랑해줄 수 있는 사람이 되도록 하자.

어떤 순간이 오더라도

내 인생의 1순위는 언제나 나 자신이어야 한다.

。

나를
위해

이제 그만하고 싶다.

화를 내면 참아주고
잘못을 하면 이해해주고
아닌 걸 알면서도 믿어주고
아무리 오래 걸려도 기다려주고
내가 아닌 다른 사람을 위해
희생하고 양보하는 거.

그만하고 싶다.

이제, 나를 위해 살아보려고 한다.

°

친구의
조언

인간관계를 힘들어하는 나에게 친구가 말했다.

"친구야,

너를 정말 좋아해서 다가오는 사람과
너를 이용하기 위해 다가오는 사람을 잘 구분하고 살아.
네가 너무 착해서 다가오는 사람들 다 받아주고 안아주니까
그 사람들이 다 널 만만하게 보는 거잖아.

모두에게 좋은 사람이 될 필요는 없어.
내 사람에게만 좋은 사람이 되면 돼."

。

어느 날
심장이
말했다

쉽게 마음 주지 말고

전부 믿어주지 말고

혼자 희생하지 말고

너무 매달리지 말고.

누구나 힘내기

벅찰 때가 있으니까.

。

인형
뽑기

영화 시간을 기다리던 중
친구가 인형 뽑기를 해보자고 해서 단칼에 거절했다.
어차피 뽑지도 못할 테니까.

며칠이 지나서 그 친구와 또 영화를 보러갔는데
친구가 또 인형 뽑기를 하자고 했다.
지난번에 거절했던 게 떠올라서 마지못해 따라갔지만
나는 구경만 했다.
어차피 못 뽑을 테니까.

친구가 어떤 인형을 갖고 싶냐고 물었을 때도

심드렁하게 대답했다.
어차피 못 뽑을 텐데 그런 걸 뭐하러 물어봐?

인형 하나를 뽑는데 3만 원을 썼다는 둥
두 시간을 투자했는데 인형 하나를 못 뽑았다는 둥
인터넷에서 인형 뽑기와 관련한 실패 사례를 많이 봐서
그냥 돈 낭비, 시간 낭비라고 생각했다.

그런데 웬걸.
친구는 한 방에 자기가 갖고 싶어 한 인형을 뽑았다.
본인도 한 번에 뽑을 거라고는 생각하지 못했는지
기뻐하면서도 약간 얼떨떨해했다.

친구는, 벙쩌 있는 나를 향해 자랑스럽게 말했다.
"내 실력 봤어?"라고.

실력이 아니라 운이라고 생각했지만 고개를 끄덕여주
었다.

실력이든 운이든, 친구는 인형을 뽑았고 내 예상은 완
전히 빗나갔으니까.

깨달음과 동시에 약간의 수치심이 들었다.

안 될 거라고 생각했었는데.
해보지도 않고,
나는 안 될 거라고 단정 짓고 있었는데.

잊히는
이유

그게 무엇이든
결국에는 다 잊히게 되어 있다.

사는 게 바빠서.
눈에서 멀어져서.
시간이 많이 흘러서.

가슴에 품고 살아가기에는
너무 아픈 기억이어서.

누구나 힘내기
벅찰 때가 있으니까.

°

모두에게
친절해야 할
의무는 없다

예전에는 좋은 게 좋은 거라고 생각해서

나에게 못되게 구는 사람에게도 잘해주고

누군가 시비를 걸어와도 하하호호 웃으며 넘겼는데

지금 와 생각해보니

그건 정말 바보 같은 짓이었던 것 같다.

내가 잘해주고 웃어줄수록

상대는 나를 더 얕보고 업신여기기만 했는데.

살면서 깨닫게 된 중요한 사실 중 한 가지는

모두에게 좋은 사람이 될 필요는 없다는 것이다.

나를 존중하지 않는 사람에게

내가 굳이 친절해져야 할 의무는 없다.

。

엉망으로
구겨진
블라우스

바닥에 커피가 쏟아지면서 흰 블라우스에도 커피 물이
들었다. 한 모금도 마시지 못한 커피를 쏟은 것보다 흰
블라우스가 엉망이 된 게 더 속상했다.

옷장에 있어야 할 블라우스가 왜 바닥에 있나 생각해보니
어제 옷을 갈아입다가 귀차니즘이 발동해 의자에 아무
렇게나 걸어둔 게 화근이었다.
의자가 움직이면서 블라우스가 바닥에 떨어졌겠지.

그러고 보니 새벽에 화장실을 갈 때도,
물을 마시기 위해 잠깐 일어났을 때도,

발에 뭔가가 밟히는 느낌이 있었는데.

밤사이 두 번이나 내 발에 밟힌 걸로도 모자라
커피 물까지 든 블라우스는 엉망으로 구겨진 채
바닥에 널브러져 있었다.

물을 마시러 일어났을 때라도 떨어진 걸 주웠다면?
화장실 갈 때 그냥 밟고 지나치지 않았더라면?
블라우스를 옷걸이에 똑바로 걸어놨더라면?
옷을 갈아입을 때 귀찮은 걸 조금만 참았더라면?

그중 한순간만이라도 외면하지 않았다면
블라우스가 이렇게까지 엉망이 되진 않았을 텐데.

멀쩡하던 블라우스가
처참한 상태로 망가진 걸 보면서 깨달았다.

귀찮다고 외면하면 문제가 더 커진다는 것을.

○

가 장 우선시
되어야 할
질 문

"목 뒤에 점이 있네."

미용실에 갔다가 목 뒤에 원래는 없던 점이 생긴 걸 알
게 됐다.

이게 언제 생겼지?

나에 대해서는 당연히 다 안다고 생각했는데.
나도 모르는 새 생긴 목 뒤의 점을 보면서
그게 아닐 수도 있겠다는 생각이 들었다.

내가 무엇을 잘하는지.
내가 누구를 좋아하는지.
내가 어떤 상황에서 즐거워하는지.
내가 어떤 삶을 살고 싶어 하는지.

다 안다고 생각하지만 사실은 모르는 게 더 많을 수도 있고
세월이 흐르면서 원래 알았던 게 흐릿해지고
모르는 게 다시 생겨날 수도 있다.

그러니까, 매일매일 관심을 가지고 질문을 던져봐야
한다.

인생을 살면서 우리가 풀어야 할 수 많은 과제 중
사랑이나 우정보다 더 우선시되어야 할 건
바로 나 자신에 대한 질문이고
친구나 애인보다 더 관심을 가지고
사랑해야 할 존재 또한
나 자신이라는 걸 잊지 말아야 한다.

°

장마

왜 그런 날 있잖아요.

누군가 나를 꼭 안아주면 펑펑 울 것만 같은 날.
그런데 안아줄 사람마저 없어서 더 서러운 그런 날.

○

퇴근길

어둠이 내려앉은 버스 안에서 창문을 물끄러미 바라본다.

흐트러진 머리, 흐리멍덩한 눈, 거스러미가 일어난 입술,

축 쳐진 어깨, 구겨진 셔츠.

버스 창문에 비친 내 모습이 오늘따라

더 낯설고 초라해 보인다.

가끔 내가 둘이라면 좋겠다는 생각을 하곤 한다.

내가 둘이라면 내가 나를 안아줄 수 있을 텐데.

말없이 안아주고 싶다.

오늘 하루도 고생 많았다고.

그 모든 문제들에 대해

걱정하느라, 참아내느라, 버텨내느라.

어딘가에 주저앉아 하루 종일 같이 울어주고 싶다.

。

시 간 이
지 나 면 ,
다 괜 찮 아 진 다

버스를 타려고 뛰다가 보도블록에 다리가 걸려 넘어졌다.
버스는 놓쳤고, 무릎은 깨져서 피가 났고, 사람들의 이
목은 나에게 집중돼 있었다.
아프고, 창피하고, 짜증나고, 정말 울고 싶은 기분이었다.
제발 이 순간이 빨리 지나기만을 바랐다.

그렇게 15분이 지났다.
내가 타야 할 버스가 왔고 무릎의 피는 멈췄고
사람들은 더 이상 내 쪽을 바라보지 않았다.
아프지도 않았고 창피함도 사라졌고
아무 일도 없었던 듯 나는 다시 괜찮아졌다.

누구나 힘내기
벅찰 때가 있으니까.

이 일을 계기로 깨닫게 된 게 세 가지 있다.

인생을 살면서 아프고, 창피하고, 짜증나고, 울고
싶은 순간이 한꺼번에 나를 찾아올 수도 있다는 것.
그로 인해 내가 무척 힘들 거라는 것.
하지만 시간이 지나면
그 모든 것들이 다 괜찮아질 거라는 것.

나에게

나쁜 것은 지우고 좋은 것만 기억하기.

지나간 것을 보내고 다가오는 것을 받아들이기.

내 곁에 머물러주는 모든 사람들과
지금 이 순간에 감사하기.

격정보다는 설렘으로
오늘을 시작했으면 좋겠다.

상상보다 더 큰 행복이
너를 기다리고 있을 테니까.

내가 괜찮은
사람이라는
증거

1. 나와 나를 둘러싼 세상에 관심이 많다.

2. 타인에게 친절하다.

3. 누군가를 위로할 줄 안다.

4. 주변에 좋은 친구들이 있다.

5. 가끔 후회한다.

6. 가끔 상처 받는다.

7. 그래도 꿋꿋이 살아간다.

8. 누군가를 사랑한다.

9. 누군가를 사랑하는 것 이상으로 나 자신을 사랑한다.

10. 이 글을 읽으며

내가 괜찮은 사람이면 좋겠다는 생각을 한다.

3장

매번 연애가
힘든 당신에게,

사랑에 서툴
러도 괜찮아

지금 누군가를 사랑하고 있다면.
그래서 행복한 순간에도 불행한 상상을 하고 있다면
그런 바보 같은 상상을 잠시 멈추기를 바란다.
언제 올지 모르는 불행을 상상하며 살아가기에는
시간이 너무 아깝다.

。

사랑하기
좋은
날

벗꽃이 휘날리는 거리를 너와 함께 걷다
문득 이 길을 홀로 걷지 않아도 되는 것에
감사한 마음이 들었다.

전혀 모르는 두 사람이 만나 사랑에 빠질 확률은
0.1%도 안 된다는 글을 본 적이 있다.
얼마나 기적 같은 일인가.
그 말도 안 되는 확률 가운데
지금 내 옆에 네가 있다는 것은.

사랑하기 좋은 날이다.

o

고백

나는 생각보다 긍정적이지도 않고
혼자 있을 땐 생각이 많아져서
쓸데없는 걱정도 많이 하고
곧잘 우울해지곤 하지만

너에게만은
늘 밝고 상냥한 예쁜 사람이고 싶다.

나는 언제나 너에게 좋은 사람이고 싶다.

°

예쁜
너 에 게

좋은 말 100개를 들어도

나쁜 말 1개에

울적해져 버리는 게

사람 마음인 것 같다.

그러니까

나는 늘 너에게 예쁜 말만 해줄 거야.

네가 늘 웃을 수 있게.

°

천 천 히
스 며 드 는
사 랑

오래전 라디오에서 7년을 친구 사이로 지내다
연인 사이로 발전해 결혼까지 한 부부의 사연을 들었던
적이 있다.

그런 일이 진짜 있을까.
신기함보다는 의구심이 들었다.

7년을 친구로 지낸 사람을 갑자기 사랑하게 된다고?
둘 중 한 명이 사랑임을 숨기고
7년을 친구처럼 바라만 본 건 아닐까.
한 사람은 처음부터 사랑이지 않았을까.

말도 안 되는 일이라고 생각했다.

하지만, 세월이 흘러서야
그런 사랑도 있다는 걸 알게 됐다.

첫눈에 반하는 사랑도 있지만
오랜 시간에 걸쳐
천천히 스며드는 사랑도 있다는 걸.

작고 소소한 것들이 켜켜이 쌓여
서서히 만들어지는 사랑도 있다는 걸.

。

행복해야 할 순간에는
마음껏 행복하고
사랑해야 할 순간에는
온전히 사랑만 하자

'이 사람과 헤어지면 정말 슬플 거야.'

연애를 하면서 행복한 순간에도 불행한 상상을 하곤 했다.

그러다 그 사람과는 1년이 못되어 헤어졌고
예상대로 나는 많이 슬펐고 오래 아팠다.

하지만 헤어진 후 나를 가장 힘들게 했던 건,
밤마다 떠오르는 그 사람의 얼굴도,
그 사람과의 지나간 추억도 아니었다.
그 사람과 함께하며 행복한 순간에도 마음껏 행복하지

못했던 지난날에 대한 후회였다.

사람들은 행복해지고 싶어 하면서도
정작 행복한 순간에는 행복을 온전히 누리지 못하고
일어나지도 않은 일을 상상하며
스스로 불행을 자처하곤 한다.

어쩌면 그건 사랑이나 행복, 기쁨과 같은 감정들이
영원히 지속될 수 없다는 걸 알기 때문인지도 모른다.

하지만 언젠가 사라져버릴 걸 걱정해서
행복한 순간에도 불안해하고 초조해하며
인생을 낭비하는 것은 얼마나 어리석은 일일까.

지금 누군가를 사랑하고 있다면,
그래서 행복한 순간에도 불행한 상상을 하고 있다면
그런 바보 같은 상상을 잠시 멈추기를 바란다.
언제 올지 모르는 불행을 상상하며 살아가기에는

시간이 너무 아깝다.

행복한 순간에는 온전히 행복하기만 하고
사랑해야 할 순간에는 온전히 사랑하기만 하자.

한 번도 상처 받지 않을 것처럼.

어쩔 수 없는 것들에

미련 두지 않기로 해요.

온전히 행복해야 할 지금이니까.

후유증

솔직히 잘 모르겠다.

누군가를 좋아하는 마음은
어디서부터 어디까지 표현해야
상대가 부담을 느끼지 않는지.

누군가에게 서운한 마음은
언제 어떻게 표현해야
상대가 내 마음을 알아주는지.

감정을 언제 어느 때 드러내야 하는지.

어디서부터 얼마나 드러내야 적당한 건지.

적당한 시기와 적당한 무게를 알고 싶다.

°

다 정 다 감

말을 예쁘게 하는 사람이 좋다.

가깝다고 해서 스스럼없이 지내지만

오고 가는 대화 속에

생각 없이 내뱉는 말은

누군가의 마음을 다치게 할 수도 있다.

가깝지만 함부로 대하지 않는 관계가 좋다.

。

진 짜
내 자 리

겨울왕국 버전의 1,000피스 퍼즐을 맞추던 중이었다.

엘사 얼굴에 필요한 한 조각이 보이질 않았다.
그러던 중 어지럽게 흩어진
수백 개의 조각들 사이에서
내가 찾고 있던 조각과
얼핏 모양이 비슷한 것을 한 개 발견했다.

사실 비슷하기만 할 뿐이지
그 조각이 아닐 수도 있다는 걸
어렴풋이 짐작은 하고 있었지만

그때는 너무 지쳐 있었던 상태라

그 조각이 맞는 조각이라고

스스로에게 세뇌하면서

빈 공간에 억지로 그 조각을 끼워 맞추려고 했다.

하지만 그 조각은 엘사의 얼굴에 맞는 조각이 아니었고

아무리 끼워 맞추려고 해도 한 귀퉁이가 삐져나온 채

딱 들어맞지가 않았다.

1,000피스나 되는 조각들에도

제각각 자신에게 맞는 자리가 있기 때문이다.

우리도 마찬가지다.

우리에게도 우리에게 맞는 자리가 있다.

빈자리가 있다고 해서, 지금 내가 외롭다고 해서,

억지로 끼워 맞추듯 아무자리에나 나를 밀어 넣

진 말자.

당신이 찾지 못했을 뿐,

당신에게 딱 맞는,

당신의 자리가 어딘가에 반드시 있을 테니까.

。

겨 울 에
할 일

길거리에서 파는 붕어빵 사 먹기

전기장판을 뒹굴거리며 귤 까먹기

눈사람 만들기

눈 쌓인 거리를 걸어보기

춥다는 핑계로 너와 손 잡아보기

°

줄 다 리 기

두 사람이 잡고 있던 줄을 어느 한 사람이 먼저 놓아버
려서 끝까지 줄을 잡고 있던 사람이 뒤로 넘어져 허리
를 다쳤다.

하지만 줄을 놓아버린 사람은 미안함을 모르고
넘어져서 다친 사람이 오히려 사과를 한다.
갑자기 넘어지는 바람에 너를 놀라게 해서 미안하다고.

두 사람이 사랑을 하는데
한 사람만 계속 다치게 되는 건
그 사람이 계속 잘못하기 때문이 아니라

그 사람이 상대를 더 좋아하기 때문이다.

더 좋아하는 마음은

덜 좋아하는 마음 앞에서

언제나 약자가 되기 마련이다.

°

세 상 에 서
가 장
잔 인 한   말

이미 온 마음이 부서져버린 후에야 알게 됐다.

오랜 시간에 걸쳐 수천 개의 마음을 쌓아올려도
단 한순간에 그 모든 마음들을 무너트릴 수도 있는 게
'미안하다'는 말 한마디라는 것을.

○

한여름

만약, 누군가의 그리움이 이 계절에 머물러 있다면
그 마음이 너무나 막막할 것 같다.

애써 아무렇지 않은 척해보지만
이미 너무 뜨거워져 있다.

당신이, 보고 싶은 계절이다.

。

혼자 잘해주고
상처 받지
말자

집 근처를 서성이는 고양이에게 간식을 주었다.

다음 날 집에서 나오는데 그 고양이가 또 집 근처를 서성이고 있기에 집으로 다시 돌아가 냉장고에서 간식 하나를 꺼내 왔다.

다음 날에도, 그다음 날에도 고양이는 집 근처를 배회했고 나는 고양이에게 간식을 주었다.

그런데 언젠가부터 고양이가 더 이상 우리 집을 찾아오지 않았다.

그렇게 고양이를 잊어갈 무렵
동네 편의점 앞에서 아르바이트생이 뜯어주는
참치연어캔을 허겁지겁 먹고 있는 고양이를 발견했다.

고양이와 잠시 눈이 마주친 것 같았지만
나는 알 수 없는 기분에 휩싸여
못본 척 고양이를 스쳐 지나갔다.

그날, 집에 돌아와 자려고 침대에 누워서야
고양이를 보고 느낀 알 수 없는 기분의 정체가 '서운함'
이었다는 것을 깨닫고는 잠시 멍해졌다.

집 앞에 있는 고양이를 발견하고
혼자 좋아서 간식을 챙기며 마음을 줘놓고
다른 사람과 함께 있는 고양이를 보고
혼자 서운해하는 꼴이라니.

스스로가 너무도 한심하게 느껴져

자괴감이 들 정도였다.

'서운함'이라는 감정은 상대의 잘못에서 비롯되는 것이
아니라 무조건 상대의 잘못이라고만 생각하는 나의 착
각에서부터 오는 것인지도 모른다.

혼자 잘해주고 상처받지 말자.

내가 마음을 주고 믿음을 주는 만큼
상대도 나에게 그렇게 해주었으면 하는 기대는
언제나 실망과 상처로 변하기 마련이다.

。

캐 치 볼

인간관계가 어려운 이유는
캐치볼이 잘 안 되기 때문인 것 같다.

서로 주고받아야 하는데,

한쪽은 계속 주기만 하고
한쪽은 계속 받기만 하니까
한쪽은 계속 서운해지고
한쪽은 계속 지칠 수밖에.

。

마음이
돌아서는
그 한순간

세상에서 가장 나쁜 사람은
사람의 마음을 이용하는 사람인 것 같다.

냉정한 거절보다 더 슬픈 건
짓밟힌 진심이다.

"너를 좋아해."라는 말을
"나를 이용해도 좋아해."라는 말로 착각하지 말자.

마음을 주는 게 어렵지
등 돌리는 건 한순간이다.

。

예기치 못한 이별에
지나치게
심각해지지 말 것

남자친구에게 일방적인 이별 통보를 받고
멘붕이 온 적이 있다.

갑자기 내가 싫어졌다고?
그럴 수가 있나?
왜?

자괴감에 빠져서 허우적거리다가 결국에는 이런 생각까
지 하게 됐다.

혹시, 나한테 무슨 문제가 있나?

나도 모르는 치명적인 결함이 나한테 있는 건가?

이별의 원인을 찾다 보니
나에 대해 자신감이 없어지고
계속 안 좋은 생각만 들었다.

나중에 그 친구의 지인을 통해 듣게 된 사실인데
그 친구가 헤어지자고 했던 건
나에게 문제가 있어서가 아니라
그냥 마음이 변해서였고
내 입장에서는 갑작스러운 이별이었지만
그 친구는 이미 마음의 준비를 모두 끝낸 상태에서
이별 통보를 했다는 거였다.

이별의 원인이 나 때문이 아니라는 지인의 말을 들으며
안심을 했다가 문득 이런 생각이 들었다.

그런데 나는 왜 이별의 원인을 나에게서 찾으려고 했을까?

그냥 싫어졌다는 상대의 말을
왜 있는 그대로 받아들이지 못했던 걸까.

사랑하다 헤어질 수도 있는데.
갑자기 싫어질 수도 있고
갑자기 식어버릴 수도 있는 게 사람 마음인데.

이별의 원인을 나에게 있다고 생각하며
심각하게 고민하고 우울해했던 내가 정말 바보 같았다.

내가 더 많이 좋아했고
상대가 먼저 변심했을 뿐이다.
내 마음이 모자라거나 부족해서가 아니다.

마음은 아프지만 그 이상 진지해지지는 말자.

나를 좋아하지 않는 사람이 내 곁을 떠난 것일 뿐,
나는 꿋꿋이 내 인생을 살아가면 된다.

°

편 해 지 는
방 법

놓아주어야 하는 것에 미련을 두지 말고

버려야 하는 것들은 과감히 버릴 줄도 알아야 한다.

절대 내 것이 될 수 없는 것에 대해서는

애써 매달리지 말고 체념할 줄 알아야 한다.

그래야 당신이 편해질 수 있다.

○

아무도 잘못하지 않아도
누군가는
상처 받을 수 있다

다정한 남자와 그런 그를 좋아하는 여자가 있다.
여자는 남자의 다정함에 반해 그에게 고백을 했으나
남자는 좋아하는 사람이 따로 있다며
그녀의 마음을 거절했다.

남자는 더 이상 그녀에게 다정하지 않았고
상처 받은 그녀는 실의에 빠져 병원 신세를 지고
직장까지 관뒀지만 남자에게 따질 수는 없었다.

남자에게는 아무런 잘못이 없기 때문이다.

외사랑이 힘든 이유는
그 사람이 내 마음을 받아주지 않아서가 아니라
그 사람 때문에 이렇게 아픈데도 그 사람에게
책임을 물을 수 없기 때문인지도 모른다.

하지만 아무도 잘못하지 않았다고 해서
누구도 상처 받지 않은 것은 아니다.

。

이미
지난
이야기

복수 같은 걸 왜 해요.

고작 그 정도밖에 안 되는 사람이었고
내가 더 잘살면 그만인데.

。

이별의
신호

바쁘다고 하길래 바쁜 줄 알았고
피곤하다고 하길래 피곤한 줄 알았는데
알고 보니, 내가 싫어진 거더라.

바쁜 이유가 뭔지 찾아봤더니
그냥 마음이 변한 거더라.

。

세상에서
제일
무서운 것

사람 마음이 참 무섭다.

아무리 친해도 사소한 말 한마디에
틀어져버릴 수도 있고
아무리 잘해도 사소한 행동 하나에
실망하게 될 수도 있고
아무리 좋아도 사소한 실수 한 번에
멀어져버릴 수도 있다.

그 모든 이유들이 아니더라도
아무 이유 없이

아무 문제없이
어제는 좋았던 사람이
오늘 갑자기 싫어지기도 한다.

사람 마음이 제일 무섭다.

。

체 념

멀어지는 것을 담담히 받아들이고
떠나는 것을 애써 붙잡아두지 않으려고 한다.

예전에는 손에 꼭 움켜쥐고 있어야 마음이 편했는데
이제는 흐르는 대로 놓아주는 일이 더 편해졌다.

붙잡고 있어도 온전히 잡히지 않고
억지로 움켜쥐고 있어도
손가락 틈사이로 빠져나가 버릴 것을 알기에.

。

나 에 게 만
해 피 엔 딩

그래, 가라.

나는 충분히 아팠고
너는 충분히 나빴다.

나는 지금 나를 아프게만 했던 사람 하나를 보내주는 것
뿐이지만 너는 지금 어떤 순간에도 늘 네 편이었던 한
사람을 잃은 거야.

가라. 다신 돌아오지 말고.

그 사람과의
기억
삭제하시겠습니까?

YES라고 하면

지난날이 너무 그리울 것 같고

NO라고 하면

지금 이순간이 너무 아플 것 같아서

결국엔 어떤 것도 할 수 없는

이 마음을 너는 알까.

。

상처뿐인
관계에
마침표를

미련을 버리자.

아쉬울 때만 찾고

필요에 의해서만 연락하고

목적이 있어야만 간간이 어울리는

그런 관계를 이어가봤자

나한테 남는 건 상처뿐이니까.

。

주의
사항

실망하고 싶지 않다면

욕심내지 말고

상처 받고 싶지 않다면

기대하지 마라.

°

차 라 리
쉬 운
마 음 이 었 다 면

사람 마음이 쉬웠으면 좋겠다.

이 사람을 좋아해야지 하면 이 사람이 좋아지고
이제는 안 좋아해야지 하면 이제는 안 좋아지고
누군가에게 쉽게 상처 받더라도 또 쉽게 괜찮아져 버리는

마음이 그렇게 쉽고 간단한 거였으면 좋겠다.

.

。

사랑한다는
말을
아끼지 말 것

나는 한때 사랑한다는 말을 잘 못하는 사람이었다.

왜 그런가 곰곰이 생각해보니
그 말을 들을 대상이
나와 너무 가까운 사람이기 때문이었다.

운전하는 아빠에게 대뜸 사랑한다고 말한다면?
아침드라마를 보고 있는 엄마에게
갑자기 사랑한다고 말한다면?
방 안에서 게임하고 있는 오빠에게
뜬금없이 사랑한다고 말한다면?

돌아올 반응들을 생각하면 아찔했다.

그러다 스무 살이 되어 서울에서 혼자 자취를 하게 되면서 문득 가족에 대한 소중함과 애틋함, 그리움 등의 감정들이 생겨나기 시작했고 이 복잡 미묘한 감정을 가족들에게 어떤 말로 표현할 수 있을지 고민했다.

그리고 그 모든 감정을 대변할 수 있는 말은
다른 무엇도 아닌 '사랑한다'는 말이라는 걸 알게 됐다.

내가 처음 사랑한다는 말을 했을 때는
나도 어색했고 그 말을 들은 가족들도 어색해했다.

하지만 자주 하다 보니
이제는 하는 사람도, 듣는 사람도 어색해하지 않고
자연스럽게 사랑한다는 말을 주고받을 수 있게 됐다.

"저는 사랑한다는 말을 잘 못하겠어요."

요즘도 가끔 이런 고민을 하는 사람들이 내게 상담을
요청해오곤 한다. 이유는 대개 이렇다.

부끄러워서. 어색해서. 오글거려서. 한 번도 해본 적이
없어서.

그럴수록 더 많이 해봐야 한다.
처음에는 좀 어렵겠지만
하다보면 익숙해지고 괜찮아진다.
사랑한다는 말도, 고맙다는 말도, 미안하다는 말도.

부끄러운 순간이 오면
그때 부끄러워하면 그만일 뿐.
사랑하는 사람에게 그 마음을
말로 표현했을 때의 벅찬 감정을
당신도 꼭 느껴보길 바란다.

。

상처는
제때 치료를
해야 한다

어릴 적 자전거를 타다가 넘어져서 무릎이 살짝 까졌을
때. 괜찮다는 나를 붙잡고 굳이 빨간약을 발라주며 엄마
가 그랬다.

제때 치료를 하지 않으면 흉터가 남을 거라고.
지금은 괜찮은 거 같지만
흉터가 남으면 볼 때마다 속상할 거라고.

제때 치료하지 못한 상처는 언젠가는 흉이 지기 마련이다.
세월이 흘러 흐릿해지긴 해도 완전 사라지지는 않는다.

그리고 그건 마음의 상처도 마찬가지인 것 같다.

마음에 상처를 받았을 때 제대로 치료하지 못하면 그 상처는 흉터가 되어 당신을 영영 아프게 할지도 모른다.

그러니까 상처를 감추려고 하지 말자.
많이 아프고 힘들겠지만
마음의 문을 닫아 두지는 말자.

누군가, 당신의 아픈 마음을 위로해주고
치료해줄 수 있도록.

쌍 방 과 실

나는 영원히 머무르려 했는데
당신은 살짝 스친 것뿐이라 했다.

사랑이 영원할 거라 믿은 내가 나빴나.
그 믿음을 깨트린 당신이 나빴나.

°

같은
결말

다 이해할 필요 없고

다 참아줄 필요 없고

다 양보할 필요 없고

다 배려할 필요 없다.

내가 아무리 노력하고 잘해봐도

내 곁을 떠날 사람은 결국 떠나버리기 마련이다.

。

어쩔 수
없었다고
생각하세요?

변명하지 마세요.

아무리 예쁘게 포장해봤자
쓰레기는 쓰레기일 뿐이고
아무리 좋은 말로 포장해봤자
변명은 그냥 변명일 뿐이에요.

°

누 군 가 와
친 해 지 는
방 법

상담학에서는 "네, 아니오."로 대답 가능한 폐쇄형 질문
보다 "네, 아니오."로 대답할 수 없는 개방형 질문이 상
담에 더 효과적이라고 한다.

누군가와 친해지고 싶을 때도 마찬가지인거 같다.

"다음에 커피 한 잔 해요."
라는 말보다는

"커피 한 잔 하고 싶은데, 언제 시간이 가능하세요?"
라는 말이 더 확실하게 마음에 와 닿는다.

°

관계를
지 키 는
정 답

관계를 지키는 법은 간단해.

조금만 덜 오해하고

조금만 더 이해하고

조금만 덜 의심하고

조금만 더 믿어주면 돼.

。

실 수 와
외 면 의
관 계

실수가 계속되면 실망하게 되고
실망이 계속되면 포기하게 되고
포기가 계속되면 외면하게 된다.

사람이 사람에게 등 돌리는 게 이렇게 쉽다.

실수를 가볍게 여기지 말자.
소중한 사람을 잃고 싶지 않다면.

。

그 정도의
관계

너무 맞춰주지 마세요.

당신을 고작 그 정도밖에 생각하지 않는 사람에게는
당신도 그 사람을 그 정도로만 생각해주면 돼요.

。

무 죄

식어버린 손으로
내 손을 잡아줄 순 있어도
식어버린 눈으로
나를 바라보는 건 힘들었겠지.

어느 날의 너는
그래서 나를 떠나버린 건지도 모르겠다.

더 이상, 사랑을 연기할 수 없어서.

。

그 사람의
있는 그대로를
인정해주기

예전에 만났던 남자친구는 게임을 무척 좋아했다.

게임을 끊으라는 잔소리를 100번도 넘게 했었고
그럴 때마다 그 친구는
"네가 커피를 끊겠다고 하면 나도 게임을 끊을게."
라고 하며 내 말을 받아치곤 했다.

게임과 커피가 무슨 상관이란 말인가.
말도 안 되는 논리에 짜증이 났다.

하지만 그러면서도 나는 은근히 기대를 하고 있었다.

나로 인해 이 친구가 변할 거라는 기대.

나를 위해서 게임을 끊어줄 거라는 기대.

그리고 몇 개월이 지난 후 게임 때문이 아닌 다른 이유
로 그 친구와 헤어지고 나서야 알게 됐다.

그 친구 역시 나에게 기대를 하고 있었다는 걸.

내가 그를 위해 커피를 끊을 거라는 기대.

하지만 나는 커피를 끊지 않았다.

내가 그를 덜 사랑했기 때문은 아니다.

그저, 내키지 않았을 뿐이다.

커피가 싫어져서 내 자의로 커피를 끊는 게 아니라 누
군가의 한마디로 내가 좋아하는 걸 포기해야 하는 게
싫었다.

아마 그 친구도 그랬으리라.

어떤 사람은 커피를 마실 때 행복을 느끼고
어떤 사람을 게임을 할 때 행복을 느낀다.

나를 위해 그 사람을 바꾸려고 하지 말고
그 사람의 있는 그대로를 사랑하고
아껴줄 수 있는 사람이 되자.

°

흔한
착각

사람은 안 변해요.

나로 인해 누군가가 변할 거라 생각하거나
언젠가는 그 사람이 바뀔 거라 생각한다면

그거, 착각이에요.

。

최소한의
예의

돌아선 사람을 잊어주는 게
남은 사람의 예의라면

돌아서 가다가 한 번쯤
넘어져주는 게
떠나는 사람의 예의.

°

이별이
내게
알려준 것들

너무 쉽게 마음을 주지 말 것.

누구의 말도 그대로 믿어주지 말 것.

나에게 친절하지 않은 것을 냉정히 끊어내고
내 곁을 떠난 것에 애써 매달리지 말 것.

그 모든 일들에 일일이 상처 받지 말 것.

o

정말 좋아한다면,
헷갈리게
하지 않는다

"선배도 저를 좋아하는 건지 아닌지 너무 헷갈려요."

인터넷 서핑을 하다가 우연히 보게 된 글이다.

글쓴이는 동아리에서 만난 선배에게 호감을 느끼고 다
가갔는데 그 선배의 헷갈리는 행동으로 인해 깊은 고민
에 빠져 있는 듯 했다.

제3자의 눈으로 보면 답이 쉽게 보이는데
막상 그게 자신의 일이 되어버리면
객관적인 판단을 내리기가 어려워지는 때가 있다.

답을 몰라서가 아니다.

사랑에 빠지면 다 그렇게 된다.

별거 아닌 일에도 계속 희망을 가지게 되고

기대를 가지게 되고.

나에게도 그런 비슷한 경험이 있었다.

나만 놓으면 끝나는 관계를

미련하게 붙잡고 있었던 그 시절.

상대가 나와 같은 마음이 아니라는 걸 알면서도

계속 휘둘리기만 하다가

결국엔 흐지부지 끝나버린 그런 관계였다.

그 후에 내게 남은 건 비참함과 괴로움뿐이었다.

좋아하는 감정은 숨기기 어렵다.

정말 좋아하는 사람이라면

그렇게 헷갈리게 행동하지 않는다.

나만 놓으면 끝날 관계는

빨리 놓아버려야 내가 앞을 보며 살아갈 수 있다.
좀 아프더라도 냉정하게 끊어내야 한다.

그 사람이 아무리 좋아도
세상에서 제일 소중하게 아껴줘야 할 대상은
그 사람이 아닌
당신 자신이라는 걸 잊지 말자.

확 신
없 는
관 계

애써 미화시키지 말자.

확신 없는 관계라는 건

아무것도 확실하지 않은 관계라는 것이고

아무것도 확실하지 않은 관계는

아무것도 아닌 관계라는 것이다.

그런 것에 당신이 애써 매달릴 필요는 없다.

。

관계를
결정 짓는
것

우리는,

10년을 알고 지낸 사람과도 못할 이야기를

안 지 6개월도 안 된 사람에게 편하게 털어놓기도 하고

긴 시간을 함께한 사람보다

찰나의 순간을 함께한 사람을 더 오래 기억하기도 한다.

결국 관계라는 건 시간의 문제가 아니라 감정의 문제.

얼마나 오래 알고 지냈는지보다 얼마나 많은

감정을 주고받았는지가 더 중요한 것 같다.

。

사 랑 한 다 면 ,
80퍼 센 트 만
이 해 할   것

엄마는 파마머리가 싫다고 하면서도
한 달에 한 번씩은 꼭 파마를 하고
내가 사준 새 머플러를 옷장에 고이 모셔두고
외출을 해야 할 때는 오래 착용해서 색이 연하게 변색된
낡은 머플러를 목에 두르고 나간다.

나는 이런 엄마가 이해가 되지 않는다.

나는 다이어트 중이라고 하면서 운동은 하지 않고
살찌는 걸 걱정하면서도 피자나 치킨 같은 살찌는 음식
을 좋아하고

피자나 치킨을 먹을 때 '제로' 콜라를 마시면서
살이 좀 덜 찔 것이라는 위안을 삼곤 한다.

엄마는 이런 내가 이해가 되지 않는다고 했다.

엄마와 나는 서로의 모든 것을 이해하지는 못하지만
어렴풋이 이해하고 있고
이해되지 않는 부분을 굳이 이해하려고 애쓰지는 않는다.

사랑이란 이런 게 아닐까.
그 사람의 전부를 이해하는 것이 아니라
이해되지 않는 부분까지 그 사람의 일부로 간주하고
그 사람을 있는 그대로 바라보고 인정해주는 것.

누군가를 사랑할 때
100 중 그 사람의 80을 이해했다면
나머지 20까지 이해하려는 욕심은 버리자.
누군가의 전부를 이해할 수 있다고 생각하는 것은

당신의 착각이고 자만이다.

사랑은, 이해하는 것이 아니라

그 사람을 있는 그대로 인정하는 것이다.

。

귀찮더라도,
꾸준히
사 랑 하 기

조카는 수박을 좋아한다.

언젠가 오빠네 집에 놀러 갔을 때도
조카는 배가 고프다며 수박을 잘라달라고 했다.

사실 나는 수박을 잘 안 먹는다.
씨를 발라내는 게 너무 귀찮기 때문이다.

하지만 조카를 위해 수박씨를 발라내는 일은
하나도 귀찮지 않았다.

어린 조카는 수박 한 조각에
세상에서 가장 예쁜 얼굴로 나를 보며 미소 지어주었다.
그리고 나는 그 미소에 꽤 오랜 시간 동안 행복했다.

사랑은 받을 때만 행복한 게 아니다.
때로는 주는 사랑이 더 행복할 때도 있다.

"수박이 그렇게 좋아?"
내가 물었고,
"아니, 수박 먹여주는 고모가 더 좋아."
조카는 이렇게 대답했다.

。
사랑에
서툴러도
괜찮아

우리는 부족하고 모자란 것투성이다.

그러나 불안해할 필요는 없다.

누군가를 알아가고, 사랑하고, 미워하고, 그리워하고,

추억하고, 또 다시 사랑하며,

우리는 비로소 미완성인 채로 완성되어가는 것이다.

4장

다른 이에게
마음 쓰느라

상처 받은 당신에게

오늘은 나빴지만 내일은 다시 좋아질 수도 있고
오늘은 실패했더라도 내일은 성공할 수도 있는
게 우리의 인생이니까.
최선을 다해 살아가자.
1년 뒤면 잊힐 사소한 일에 목숨 걸지 말고.

°

지난날의
변명

다 변하더라.

생각이, 마음이, 사람이.

영원할 줄 알았던 모든 것들이 결국엔 다 변하더라.

나 자신조차.

세상에 영원한 건 없더라.

○

가면

좋으면 좋은 거고 싫으면 싫은 건데
어느 순간부터 자꾸만 계산을 하게 된다.

좋은데도 아닌 척, 싫은데도 아닌 척,
마음을 자꾸 숨기게 된다.

계속 좋은 관계로 남고 싶어서.
계속 좋은 사람이고 싶어서.

。

적 정 선

인간관계에서 가장 중요한 건
예의나 배려 같은 게 아니라 '적당한 선'인 것 같다.

상대가 부담스러워하지 않을 정도의 적당한 예의와
불편해하지 않을 정도의 적당한 배려.

그 '선'을 지키는 게 무엇보다 중요한 것 같다.

°

경 고

받은 대로 돌려주려고 한다.

나를 대하는 태도가 차가운 사람에게는
나도 차가운 태도로,

말투가 상냥하지 못한 사람에게는
나도 상냥하지 않은 말투로,

행동이 친절하지 않은 사람에게는
나도 친절하지 않은 행동으로,

이제는 좀 편하게 살아가기로 했다.

나는 착한 사람이 될 수도 있고
나쁜 사람이 될 수도 있다.

당신이 어떻게 행동하느냐에 따라.

。

가끔은
예민 보스가
되어도 좋다

학원에서 수업을 듣는데 자꾸 핸드폰 진동음이 들리길래
소리가 나는 쪽을 돌아봤더니 한 친구가 수업 중에 누군
가와 신나게 카톡을 주고받고 있었다.

진동음을 한번 의식하기 시작하자 도무지 수업에 집중
이 안 돼서 쉬는 시간에 그 친구에게 가서 수업 중에는
핸드폰을 무음으로 해달라고 부탁을 했다.

그러자 그 친구는
선생님도 뭐라고 안 하시고
다른 사람들도 다 가만히 있는데

너만 왜 그렇게 예민하게 구냐며
도리어 내게 화를 냈다.

그 일로 약간의 트러블이 있었고
그 친구와는 사이가 좀 어색해졌다.
하지만, 그 이후로 수업시간에
진동음이 울리는 일은 없었다.

우리 사회에서는 예민한 걸 더러
예민하다＝까칠하다
예민하다＝히스테릭하다
라고 인식하여 나쁘게 보는 경향이 있다.

하지만 예민한 건 나쁜 게 아니다.
남에게 피해를 줘놓고도
아무런 죄의식을 느끼지 못하는 사람들이 잘못된 것일 뿐.

예민해야 할 때는 예민해지자.

내가 아무 이유 없이 예민한 게 아니라
그 사람이 아무 생각 없이 하는 행동이
나에게 피해를 준다는 걸 알려주고
다시는 그런 무례한 행동을 하지 않도록 알려주자.

그리고 그런 나를 보고 누군가 예민하다고 하면
그때는 흥분하지 말고 차분하게 대답해주자.

"네, 예민합니다.
그런데 그게 왜요?"

。

거절이
필요한 순간에는
단호히 거절할
것

대학 시절 자취를 할 때 술만 먹으면
우리 집에 와서 자고 가는 친구가 있었다.

혼자 사는 집에 친하지도 않은 친구가 오는 게 불편했지만
막차 시간이 끊겼다는 둥 잘 곳이 없다는 둥
이런 저런 핑계로 비집고 들어오는 친구를
차마 내칠 수가 없어서 몇 번인가 우리 집에서 재워주
었다.

그런데 한두 번 그러다 보니
어느 순간부터는 친구가 우리 집을 제 집 드나들 듯하기

시작했고 처음에는 눈치라도 보는 듯 싶더니
나중에는 고주망태가 된 채
새벽 3시에 문을 두드리면서도
문을 빨리 열지 않는다고 화를 냈다.
정말이지 기가 막힐 노릇이었다.

한 학기 정도 참고 봐주다가
앞으로는 우리 집에 오지 말라고 선을 그었더니
친구 사이에 의리가 없다며
나더러 인생 그렇게 살지 말라고 충고를 하고는
졸업할 때까지 뒤에서 내 욕을 하고 다녔다.

누군가의 호의를 감사히 여기는 사람이 있는 반면
악용하는 사람들이 어디에나 있다.
하지만 그런 사람들 때문에 우리가 필요 이상의 스트레
스를 받아가면서까지 좋은 사람으로 남아야 할 필요가
있을까?

영화 〈부당거래〉에 나오는 유명한 대사가 있다.
"호의가 계속 되면 권리인 줄 안다."

호의를 베푸는 건 우리의 선택이지, 의무가 아니다.

그 사람과의 관계가 아무리 중요하다고 한들
나 자신보다 중요한가?
내 호의를 악용하는 그 사람이
과연 내게 좋은 사람인가?

우리가 지켜야 하는 건
내 호의를 악용하는 사람들과의 관계가 아니라
나 자신의 소중한 삶이라는 것을 잊지 말아야 한다.
그러니, 거절이 필요한 순간에는
단호히 거절하자.

1을 주었을 때 1을 당연하게 받는 사람들에게,
우리가 친절해야 할 의무는 없다.

명심해

사람이 한번 실망을 하면

다음에는 안 그러겠지 하며 넘어가주지만

계속 실망을 하면 얘는 다음에도 또 그러겠지 하며

그 사람을 외면하게 된다.

사람 마음이 이렇게 무섭다.

그러니까 계속 노력해야 해.

관계를 지키고 싶다면.

°

과거의
나에게

네가 진짜 하고 싶은 걸 하도록 해.

배려나 양보 같은 건 집어치우고.

。

굳이
이 해 시 키 려 고
하 지 말 것

내가 하는 말에

일일이 태클을 걸고 꼬투리를 잡는 사람이 있다면

그런 사람에게는 굳이 내 생각을 이해시키려고 하지 말자.

　그 사람이 나를 이해하지 못하는 건

　내 설명이 부족해서도 아니고

　그 사람의 이해력이 딸려서도 아니다.

　그건 그냥 '이해하기 싫다'는 뜻이다.

이해할 마음이 없는 사람에게는

무슨 이야기를 해도 소용없다.

。

쓸 데 없 는 데
**자 존 심 을
세 우 지 말 것**

이직을 했을 때 선임은 나보다 다섯 살이 어렸다.

그 때문인지 동료들은 내게 종종 이런 말을 하곤 했다.

"다섯 살이나 어린 선임한테 일 배우는 거

자존심 많이 상하죠?"

정작 나는 선임과 아무런 문제없이

잘 지내고 있었는데 말이다.

그러다 한번은 내 실수로 업무와 관련해서 차질이 생긴

적이 있었다.

피가 싸늘하게 식어가던 순간에 선임의 도움을 받아 가까스로 위기를 모면할 수 있었고 나는 고마움의 표시로 평소 선임이 즐겨 마시던 체인점의 아메리카노를 테이크아웃 해와 선임의 책상 위에 올려두었다.

그런데 그걸 본 동료직원이
"토끼 씨는 자존심도 없어요?
나이 어린 직원한테 그렇게 깨지고도
커피를 사올 마음이 생겨?"
라고 말하며 한심하다는 듯 나를 쳐다보는 게 아닌가.

이해가 가지 않았다.

물론, 선임에게 쓴소리를 좀 듣긴 했지만
엄밀히 따지면 그건 내 실수로 일어난 일 때문이었고 결국 내가 한 실수를 해결해준 것 역시 선임이었기에 쓴소리를 좀 들었다고 해서 내가 기분 나쁠 이유는 없었다.
오히려 나는, 나를 도와준 선임에게 고마운 마음이 더

컸는데 말이다.

자존심 상할 상황도 아니거니와
애초에 자존심과는 전혀 상관없는 일인데
내가 왜 저런 말을 들어야 하는 건지 어안이 벙벙했다.

살다 보면 이상한 데서 자존심을 내세우는 사람들이
많다.

선임이 나보다 나이가 어리다고 해서
내가 실수를 좀 했다고 해서
그래서 쓴소리를 좀 들었다고 해서
그게 그렇게 자존심 상해야 하는 일인가?

내가 지금 무슨 일을 하든
나이가 어떻게 되든
자존심과는 아무런 상관이 없다.

자존심(自尊心).

한자어를 그대로 풀이하면 스스로 존경하는 마음이 된다.

즉 자존심이란 내가 나 자신을 어떻게 생각하느냐에 달

려 있는 것이다.

내가 어떤 삶을 살든

직장에서 내 위치가 어떻게 되든

내 자신이 주어진 상황에 만족하고

스스로가 떳떳하다면

나는 자존심을 지키는 삶을 살아가고 있는 거라고 생

각한다.

그러니까 쓸데없는 일에

자존심을 내세우지 말자.

자존심을 내세우지 않아도 되는 일에

자존심을 내세우는 게

오히려 더 자존심 상하는 일이다.

。
꿋꿋이
살아갈 것

"죽고 싶다."

버릇처럼 하는 말에 '왜?'라는 질문을 던져 본다.

—너무 창피해서.

—친구와 싸워서.

—회사 면접에서 떨어져서.

답을 하면서 깨닫는다.

죽을 만한 일은 아니라는 걸.

나는 그저 지금 이 순간이 너무 창피하고,

힘들고, 만족스럽지가 않을 뿐이라는 걸.

여기서 또 한 번 질문을 해본다.

그러면 내일도 나는 죽고 싶을까?

창피한 일은 언젠가 잊히기 마련이고
친구와는 화해하면 그만이고
이번 면접에서는 떨어졌지만 다음에 더 좋은 회사에 취
업을 하면 된다.

영화 〈포레스트 검프〉에는 이런 대사가 나온다.
"인생은 초콜릿 상자와도 같아. 어떤 걸 얻게 될지 전혀
알 수 없거든."

인생은 선택의 연속이고 그에 대한 결과는 좋을 수도
나쁠 수도 있다.

그러니까 지금 이 순간이 절망적이라고 해서
이 다음까지 그럴 거라고 단정 짓지는 말자.

오늘은 나빴지만 내일은 다시 좋아질 수도 있고
오늘은 실패했더라도 내일은 성공할 수도 있는
게 우리의 인생이니까.

최선을 다해 살아가자.
1년 뒤면 잊힐 사소한 일에 목숨 걸지 말고.

차 단

"괜찮아."라는 말은 사실 괜찮지 않지만
지금은 그 문제에 대해
아무 말도 하고 싶지 않다는 뜻이야.

。

내일의
내가
해결해주겠지

그냥 닥치는 대로 살자.

아무 일도 일어나지 않았는데
마치 그 일이 지금 일어난 것처럼
미리 걱정하고 미리 고민하며
미리 스트레스 받지 말고

걱정이나 고민은 그 일이 진짜 닥쳤을 때
그때 하도록 하자.

°

타인에게
기본적인
예의를 지킬 것

프랜차이즈 커피전문점에서 근무를 할 때의 일이다.

본사에서 한 달에 한 번씩 선정하는
'이 달의 우수 직원'으로 뽑힌 적이 있었다.
기분이 좋아 친구들에게 자랑을 했더니
"네가 커피를 진짜 잘 만드나 보다."라고 감탄하며
언제 한번 내가 일하는 곳에
커피를 마시러 오겠다고 했다.

친구들의 말에 대충 알겠다고 대답을 하고
집으로 돌아오면서 나는 스스로에게 물었다.

내가 커피를 잘 만들어서 우수 직원으로 뽑힌 걸까?

내 자랑을 하는 건 아니지만 커피전문점에서 일을 하며
나는 꽤 많은 고객님들로부터 칭찬 글을 받았었다.

유모차를 끌고 온 고객님이 매장을 나갈 즈음 달려가서
문을 열어드렸을 때,
매장에서 판매하는 원두에 대해 궁금해하시던 고객님
께 친절하게 설명을 해드렸을 때,
단골 고객님의 얼굴을 기억하고 오실 때마다
반갑게 인사를 했을 때 등등.

우수 직원으로 뽑힌 이유도 아마 이런 이유와 관련이
있었으리라.

카페에 오는 대부분의 고객은 커피 맛이나 가격에 감동
을 하기보다 직원의 상냥한 인사나 기분 좋은 미소 등
에 감동할 때가 더 많다.

어떻게 보면 가장 기본적인 것들이고 별거 아닌 것 같지만 이런 기본적이고 별거 아닌 것들을 지켰을 때 고객은 더 크게 감동을 한다.

그리고 이건 모든 관계에서도 마찬가지일 것이다.

인간관계에서 가장 중요한 것은
상대에 대한 기본적인 예의를 지키는 것이 아닐까.

。

참 지
말 고
말 하 자

생각해보면 회사에서 일을 할 당시
나는 늘 '예스걸'이었다.

업무 외의 일을 시켜도 YES!
쉬는 날 갑자기 밖으로 불러내서 사적인 부탁을 해도
YES!

후한이 두려워 왜 그런 일을 시키는지에 대해서는
물어보지도 못했고 거절하기는 더더욱 힘들었다.

하지만 이제는 그렇게 하지 않는다.

상사가 부당하다고 생각되는 일을 시키면
왜 그래야 하는지에 대해서
이유를 꼭 물어보곤 한다.

네? 그런데 그걸 왜 저한테 시키세요?
네? 저 오늘 쉬는 날인데요?
네? 그게 무슨 말씀이세요?

처음에는 상사의 눈치가 좀 보였지만
계속 그렇게 하다 보니
상사도 더 이상 업무 외의 일은 시키지 않더라.

그러니까, 참지 말고 말하자.
상대가 곤란해하는 걸 알면서도
들어주기 힘든 부탁을 하는 사람이 잘못된 거지
왜 그걸 해야 하는지에 대해
이유를 물어보는 사람이 잘못된 게 아니다.

조지 잭슨은 말했다.

"인내에도 어느 정도가 있다. 너무 참으면 그건
비겁함이다."

o

나에게 친절하지
않은 사람을
대하는 자세

관계가 불편해지는 게 싫어서

좋게 좋게 넘어가려는 걸 착각해서

"아, 애는 이렇게 막대해도 되는 애구나."

라고 생각하는 사람에게는

"아, 애는 이렇게 대해서는 안 되는 애구나."

라는 걸 알게 해줄 필요가 있다.

°

관 계 의
재 구 성

지금부터 나는

나에게 친절한 사람에게는 좋은 친구가 되어줄 거고

나에게 친절하지 않은 사람에게는

그들과 똑같이 친절하지 않은 사람이 되어주려고 해요.

그러니까,

이런 내가 좋으면 나랑 친해지고

내가 싫으면 당신이 나를 피해서 가세요.

。

진짜 쿨한 사람은
다른 사람에게
피해를 주지 않는다

"나 원래 쿨하잖아."
라는 말을 방패로 삼고 살아가는 사람들이 있다.

남의 시선을 신경 쓰지 않는 척

예의 없는 말투와

배려 없는 행동을 일삼으면서도

자기는 그게 쿨한 거라고 착각하는 사람들.

그러다 상대가 조금이라도 불쾌해하는 기색을 보이면

"별것도 아닌 일에 과민반응이냐."며 무안을 주고

오히려 피해 받은 당사자를 '히스테릭한 사람'으로 취급

하고 비난하는 사람들.

그런 사람들에게 거꾸로 물어보고 싶다.
남한테 피해주면서 근자감만 넘치는 게 쿨한 거냐고.

진짜 쿨한 사람은
나와 다른 사고방식을 가진 사람 앞에서도
예의를 지킬 줄 알고 상대가 내 생각과 같지 않아도 무
시하거나 비난하지 않고 '그럴 수도 있다'며 가볍게 넘
기는 사람이다.

다름을 인정하고, 타인을 존중할 줄 알고,
자신의 의사를 정확히 표현하면서도
상대가 불쾌해하지 않게 배려하는 법을 아는 사람이다.

그래서 진짜 쿨한 사람은
"나 원래 쿨하잖아."
같은 말 따위로

자신의 행동을 합리화시키려 하지 않는다.

남한테 피해주는 것 자체를

쿨하지 못하다고

생각하기 때문에.

∘

혼잣말

대충 살자.

마음 가는 대로, 하고 싶은 대로
되면 좋고 안 되면 말고
열심히 살아봤자 더 피곤해지기만 할 뿐
그냥 대충 살자.

。

항상
이겨야 할
필요는 없다

"참는 자가 이기는 자다."라는 말을
알게 된 이후부터 내 삶은 인내의 연속이었다.

귀찮아서 참고
더러워서 참고
어쩔 수 없어서 참고
관계를 유지하기 위해서 참고.

그렇게 참으면서 끊임없이 변명도 했다.
저 사람은 원래 저런 사람이고
나는 인격적으로 성숙하고 상식적인 사람이니까

내가 참는 게 맞는 거라고.

그러다 문득 이런 생각이 들었다.

내가 왜 참아야 하지?
나도 기분 나쁘면 짜증 낼 줄 알고 화낼 줄 아는
평범한 사람일 뿐인데.

인격적으로 성숙하고 상식적인 사람이 되기를 자처한 나
는 스트레스로 몸도 마음도 점점 더 병들어가기만 했다.

그래서 나는 이제 참지 않으려고 한다.

싸가지 없는 말투에.
불친절한 행동에.
이유 없이 까칠한 시선에.

예의 없는 사람에게 다 참아주지 말자.

적당히 분노하고
적당히 터트리며
나를 상처 주는 모든 것들로부터
나를 지키는 삶을 살자.

°
'할 말 없다'의
두 번째
의미

'할 말 없다'라는 말에는 두 가지 뜻이 있다.

첫 번째는,

진짜 할 말이 없다는 거고

두 번째는,

사실 하고 싶은 말은 너무나 많지만

그냥 내가 참고 만다라는 체념과 포기의 의미다.

여기서, 우리가 두 번째 의미를 더 경계해야 하는 이유는

전자는 대화의 단절을 의미하지만

후자는 관계의 단절을 의미하기 때문이다.

。

말 하 지 않 아 도
알 아 주 길 바 라 는 건
내 욕 심 이 다

친구와 함께 찜질방을 갔다.

고온 방에서 땀을 뻘뻘 흘리며 몸을 지지다가 나와서 찬
물을 벌컥벌컥 들이키는데 친구가 의아한 표정으로 방
이 뜨거웠냐고 물어왔다.

고온에 있었는데 뜨겁지.

당연한 걸 왜 묻느냐고 하자 뜨겁다고 말을 안 해서
괜찮은 줄 알았단다.
땀을 그렇게나 많이 흘리고 있었는데도 말이다.

그때는 친구의 말을 황당하다고만 생각했는데 돌이켜보
면 친구가 그렇게 생각할 수도 있었겠다는 생각이 든다.

사람은 말을 하지 않으면 모른다.

땀을 많이 흘리는 나를 보면서도 내가 뜨겁다고 말하지
않았기 때문에 괜찮은가 보다 생각했던 친구처럼.
눈에 뻔히 보이는 사실도 말하지 않으면 이렇게 쉽게
지나쳐버리고 마는데 사람 마음은 오죽할까.

가까운 사이라고 해서
몇 계절을 함께 한 사이라고 해서
어느 날 갑자기 상대가 내 마음을 읽을 수 있게 되는 건
아니다.

힘들면 힘들다고
서운하면 서운하다고 말을 해야 한다.
말하지 않아도 그 사람이

내 마음을 알아주길 바라는 거.

그건, 내 욕심일 뿐이다.

◦

모두에게
사랑받을 수 없음을
쿨하게 받아들일 것

나는 한때 모두에게 사랑 받고 싶었다.

누군가 나를 오해하면 어떻게든 그 오해를 풀어야 했고
누군가 나를 싫어하면 어떻게든 나를 좋아하게 만들어
야 직성이 풀리곤 했다.

돌이켜보면 정말 피곤하게 살았던 것 같다.

누군가에게 미움 좀 받는다고 내 인생이 어떻게 되는 것
도 아닌데.

모두가 나를 좋아할 수 없음을

모두에게 사랑 받을 수 없음을

쿨하게 받아들이면 되는 건데 말이다.

°

착하지
않아도
괜찮아

나를 이유 없이 싫어하는 사람에게
나를 좋아해야 할 이유를 증명하며 살아가야 할 필요는
없다.

나에 대한 반감을 가지고 있는 사람에게
내가 일일이 상처 받으며 살아가야 할 필요 또한 없다.

인생을 살아가다 보면
'그래서 어쩌라고'라는 자세가 도움이 될 때가 많다.

"나는 너 싫어."

"ㅇㅇ. 그래서?"

°

오늘의
나에게

과거에 대한 집착을 버리고
지금 현재를 살아갈 것.

°

다른 사람과 자신을
비교하는 순간부터
인생이 혼란스럽고
불행해진다

회사를 그만두고 모은 돈으로 브런치 카페를 차린 동기는
얼마 전 공중파 방송에 자신의 카페가 소개되면서
손님이 더 늘어나 눈코 뜰 새 없이 바쁜 나날을 보내고
있다고 했다.

비슷한 시기에 입사하여 비슷한 시기에 회사를 그만둔
동기의 소식을 오랜만에 전해 들은 나는
솔직히 약간 충격을 받았다.
그도 그럴 게 그때까지도 나는 새 직장을 구하지 못한 채
카페에서 알바를 하고 있던 상태였기 때문이다.

같이 회사를 그만뒀는데
그녀는 카페 사장이 되고
나는 알바를 전전하는 신세라니.

그녀는 이런 나를 어떻게 생각할까.
다른 동기들은 우리 두 사람을 보고 뭐라고 수근거릴까.

열등감에 사로잡힌 채 별의 별 생각을 다하다가
어느 순간 정신이 번쩍 들었다.

내가 알바를 하고 있는 게 뭐가 어때서?
그녀는 예전부터 브런치 카페를 차리는 게 꿈이었지만
내 꿈은 그게 아닌데.
내가 왜 그녀를 부러워하고 있는 거지?
왜 그녀와 나를 비교하며 자괴감에 빠져 있는 거지?

시간이 많이 흘러서야 알게 됐다.

나의 불행은 그녀로 인한 게 아니라
나 스스로가 자초한 일이었다는 걸.

다른 사람과 자신을 비교하는 순간부터
인생은 혼란스럽고 불행해진다.

다른 사람들이 어떤 삶을 살든
다른 사람들이 당신을 어떻게 생각하든
너무 마음 쓰지 말자.

그들이 어떤 삶을 살고
당신을 어떻게 생각하든
당신은 당신 자신의 삶을 살아가면 된다.

기죽을 필요도 없고 심각해질 이유도 없다.

당신 자신을 믿고
당신의 인생을 당당하게 살아가라.

눈부시게 빛나는 미래가

당신을 기다리고 있을 테니까.

일단,
버틸 것

나는 독하다는 말을 종종 듣는 편이다.
왜 그런가 생각해보니 무슨 일을 한번 시작하면
어떤 식으로든 끝장을 봐야 하는 성격 때문이었다.

삶은 도전의 연속이고 그 과정에서
고난과 시련은 옵션처럼 따라온다.
그리고 거기서 우리는 선택의 기로에 놓이게 된다.
포기할 것이냐, 계속 버틸 것이냐.

당신은 어느 쪽일까?

나는 이 지점에서 항상 버티는 쪽을 먼저 선택했다.

계속 버티고, 버티고, 버티고.

그러다 더 이상 버틸 힘이 없어질 때가 되면

그제야 어쩔 수 없이 포기하는 쪽으로 돌아섰다.

그래서 어떤 일을 포기하게 되더라도 후회는 없었다.

늘 버틸 수 없을 만큼 버티고 나서야 포기했으니까.

피곤한 성격 탓에 내 삶은 치열했고

나는 몹시 힘들었지만 그래서 더 뿌듯했다.

지금 이 글을 읽고 있는 당신 역시

일단은 버티는 쪽이기를 바란다.

포기는 그 이후에 해도 늦지 않으니까.

°

어 쩔 수
없 음 을
인 정 할 것

노력은 배신하지 않는다고 한다.

하지만 살다 보면 노력을 해도 안 되는 일이 있다.

내 꿈은 드라마 작가였다.

밤낮으로 글을 썼지만

드라마 공모전에서는 매번 낙방을 했고

대학을 졸업하고도 변변한 직장 없이

방송아카데미와 작가교육원 등을 전전하며

오로지 드라마에만 올인했지만 이렇다 할 성과는 없었다.

그러는 사이 20대 후반이 되었다.

좋은 직장에 다니며 결혼까지 한 친구들을 보면서
나는 우울과 좌절에 빠졌다.
그리고 당연한 수순인 듯 세상을 원망하기 시작했다.

이 더러운 세상.
드라마 작가로 가는 길은 왜 이렇게 좁은지.
조그마한 땅덩어리에 글 잘 쓰는 사람은
왜 이렇게 많아서 내 앞길을 막는 건지.

피폐해진 정신으로 어떤 날은 술만 먹고
어떤 날은 잠만 자고, 어떤 날은 미친 것처럼
울기만 하며 며칠을 보냈다.

그러던 어느 날 거울을 보니
거울 속에 비친 내 모습이 너무도 찌질해 보이더라.

축구선수 로베르 피에스가 한 말이 떠올랐다.
"세상이 너를 버렸다고 생각하는가? 세상은 너를 가진

적이 없다."°

그랬다.
사실 나는 세상을 원망할 자격도 없었다.

드라마 작가를 꿈꾸며 글을 써온 시간들,
실패와 좌절의 순간들, 그 모든 것들이 내 선택에서 비
롯된 것이었으므로.

그래서 나는 인정하기로 했다.

세상은 넓고 나보다 글 잘 쓰는 사람은 많다는 것을.
최선을 다해도 안 되는 게 있고
이 또한 그중 하나일 뿐이라는 것을.

글 쓰는 것 외에는 그 무엇도 생각해본 적이 없었기 때

°에드윈 롬멜 장군의 말

다른 이에게
마음 쓰느라

문에 꿈이 좌절되는 순간 세상이 무너질 거라 생각했는
데 다행히 세상은 무너지지 않았다.
나를 둘러싼 세상은 아무것도 변한 게 없었고 오히려
내 생활은 더 안정적으로 변했다.

글쓰기를 잠시 중단하면서부터
가족이나 친구들과 더 많은 시간을 보낼 수 있었고
내가 좋아하고 잘할 수 있는 일이 무엇인지에 대해
다시 고민할 수 있는 기회가 생겼다.

꿈을 포기하는 것과 동시에 나에게는 새로운 꿈이 생겼
고 새로운 꿈을 찾아가는 과정에서 새로운 재능을 발견
하게 됐다.
글 쓰는 것 말고도 내가 할 수 있는 일은 많았고 나는
내가 생각했던 것보다 더 많은 것을 할 수 있는 사람이
라는 것을 그 과정에서 깨닫게 되었다.

드라마 작가의 꿈은 포기했지만 회사에 다니면서도 틈

틈이 글을 썼고 그 결과 작년에는 내 이름으로 된 책을
출간할 수 있었다.
지금도 가끔씩 그때 포기하지 않았다면 어떻게 됐을까
하는 생각이 들 때가 있지만 그때의 내 선택을 후회하
지는 않는다.

　　　　살아보니 그렇더라.
　　　　내가 아무리 노력해도 안 되는 건 안 되는 거고
　　　　내가 아무리 매달려도 어쩔 수 없는 건
　　　　어쩔 수 없는 거더라.
　　　　내 힘으로, 내 노력만으로 바꿀 수 없는 게
　　　　있더라.

　　　　그러니까, 노력해도 안 되는 게 있다면
　　　　세상을 원망하지 말고
　　　　나 자신을 원망하지 말고
　　　　어쩔 수 없음을 쿨하게 인정하자.
　　　　그래야 당신이 더 편하게 살아갈 수 있다.

불안해 하지 않았으면 좋겠다.

당신은 잘 하고 있고

앞으로도 잘 해낼 테니까.

인생을
살아가는
바람직한 자세

그냥 저질러버리자.

계속 억누르지 말고
미리 걱정하지 말고
혼자 상처 받지 말고

그게 무엇이든

일단 저질러버리자.

epilogue

머리가 마음에게 물었다.

"이런 나라도 괜찮아?"

마음이 대답했다.

"이런 나라서 괜찮아!"

말없이 안아주고 싶다.

오늘 하루도 고생 많았다고.

그 모든 문제들에 대해

걱정하느라, 참아내느라, 버텨내느라.